LYLA SAGE

Tradução
DANDARA MORENA

Copyright © 2023 by Lyla Sage

A Editora Paralela é uma divisão da Editora Schwarcz S.A.

Grafia atualizada segundo o Acordo Ortográfico da Língua Portuguesa de 1990, que entrou em vigor no Brasil em 2009.

TÍTULO ORIGINAL Done and Dusted: A Rebel Blue Ranch Novel
CAPA E ILUSTRAÇÃO DE CAPA Austin Drake
PREPARAÇÃO Larissa Roesler Luersen
REVISÃO Marise Leal e Paula Queiroz

Dados Internacionais de Catalogação na Publicação (CIP)
(Câmara Brasileira do Livro, SP, Brasil)

Sage, Lyla
 Feita pra mim / Lyla Sage ; tradução Dandara Morena. — 1ª ed. — São Paulo : Paralela, 2024.

 Título original: Done and Dusted : A Rebel Blue Ranch Novel.
 ISBN 978-85-8439-397-8

 1. Ficção norte-americana I. Título.

24-206699   CDD-813

Índice para catálogo sistemático:
1. Ficção : Literatura norte-americana   813

Cibele Maria Dias – Bibliotecária – CRB-8/9427

Todos os direitos desta edição reservados à
EDITORA SCHWARCZ S.A.
Rua Bandeira Paulista, 702, cj. 32
04532-002 — São Paulo — SP
Telefone: (11) 3707-3500
editoraparalela.com.br
atendimentoaoleitor@editoraparalela.com.br
facebook.com/editoraparalela
instagram.com/editoraparalela
x.com/editoraparalela

Para Leo. Meu bandoleiro, meu raio de sol e meu único pingo de chuva. Sinto sua falta todo dia.

Avisos de conteúdo

Este livro é direcionado para leitores adultos (18+). *Feita pra mim* possui linguagem explícita e descrição de conteúdo sexual explícito.

Avisos de gatilho:

- Ansiedade
- Lesão corporal
- Consumo de álcool
- Debate sobre TDAH
- Ambiente tóxico na infância
- Relação tóxica com os pais
- Menção a morte de pai/mãe
- Descrição de ataques de pânico
- Referência a drogas
- Referência a um ex-namorado controlador

Nota da autora

Quando comecei a escrever *Feita pra mim*, quis construir uma personagem com a qual eu — e outras mulheres como eu — pudesse me identificar. Amo ler e, como você, já devorei um monte de livros. Dentre tantas personagens queridas para mim, não conseguia me reconhecer tão profundamente com nenhuma, pois viver na mente delas era muito diferente de viver na minha.

A protagonista de *Feita pra mim* se chama Emmy. Ela e eu não temos muito em comum, além de ter TDAH. A diferença no jeito como o nosso cérebro funciona pode ser sutil, mas com certeza existe e impacta na nossa vida.

Sei que ser diagnosticado com TDAH é um processo individual, porém, se alguma vez você já teve dificuldade de explicar por que deixa literalmente tudo para a última hora, por que se sente fora de controle, por que parece que sua língua não fica na boca quando a música está muito alta, ou vivenciou uma das inúmeras outras particularidades que fazem parte do transtorno, talvez você se reconheça neste livro.

Emmy e eu estamos bem aqui com você.

Boa leitura,
Lyla.

Um

EMMY

— Clementine Ryder, juro por Deus, se você ficar choramingando a noite toda, eu vou te levar de volta pra casa — declarou Teddy.

— Não tô choramingando — protestei mesmo estando 100% choramingando. Ficar em casa me causava isso. Assim como Teddy dizer meu nome todo. Sério, que pai dá um nome de fruta para a única filha?

Quando se tratava de sair à noite, Teddy levava a sério e, quando Teddy levava algo a sério, não dava para discutir com ela. Em geral, eu não ligava. Teddy era minha melhor amiga. Ela me conhecia melhor do que eu mesma e sabia do que eu precisava antes mesmo de eu saber. De manhã, quando tomei a decisão de empacotar minhas coisas, terminar com meu namorado por meio de um bilhete na geladeira e abandonar a liga de corrida de barril, dirigi quinhentos quilômetros direto para a casa dela na nossa cidadezinha natal.

Eu ainda nem tinha tirado as caixas da minha caminhonete estacionada na calçada de Teddy.

Reconheci a estrada de terra pela qual Teddy estava dirigindo e quis voltar na hora.

— Bota do Diabo? Sério?

Não tínhamos muitas opções em Meadowlark, mas Bota

do Diabo era um lugar que eu preferia não frequentar. As chances de eu encontrar conhecidos eram perigosamente altas.

Meu pai e meus irmãos ainda não sabiam que eu estava em casa, e por mim eles iam continuar sem saber por mais um tempo.

— Aham, Bota do Diabo. É legal e tranquilo — explicou ela. — E você precisa de animação e tranquilidade, Emmy.

Para ser sincera, eu precisava mesmo disso, mas a definição de animação de Teddy sempre foi um pouco diferente da minha.

— Sabe o que é legal? Vinho e...

Teddy me interrompeu para terminar a frase.

— Vinho e *Doce lar*. Tem razão. Mas, Emmy, você ficou um mês inteiro no seu apartamento em Denver tomando vinho e assistindo *Doce lar*. Toda vez que a gente fazia uma chamada de vídeo, eu literalmente ouvia Patrick Dempsey sendo abandonado no altar, e depois aqueles olhos azuis lacrimejando não saíam da minha cabeça. Eu tenho um limite, né?

— Essa é a melhor cena do filme — rebati. — De partir o coração e *remendar* de volta.

Teddy pôs a mão no peito.

— Não tô menosprezando *Doce lar*. Eu nunca faria isso. Só estou dizendo que tem um motivo pra você ter vindo pra casa em vez de assistir pela trigésima segunda vez o filme.

Droga. Eu odiava quando ela tinha razão.

— Tá bom. Mas você vai pagar todas as rodadas.

Teddy riu.

— Você tá pensando pequeno. Por que eu deveria pagar a sua bebida, ou a minha, quando sei que pelo menos uma dúzia de homens no Bota do Diabo adorariam bancar a gente?

— Não superestime meu poder de persuadir os homens.

— Você que tá subestimando o meu. — Teddy deu uma piscadinha. — Além disso, você é Clementine Ryder, campeã de corrida de barril e membro da família mais amada de Meadowlark. Os caras provavelmente vão brigar entre eles pra ver quem vai te pagar uma cerveja e, por tabela, pra mim também.

Bufei de irritação.

Teddy me lançou um dos seus típicos sorrisos vitoriosos.

— Entre a faculdade e as corridas, você ficou fora mais de dez anos. Quando aparece, só visita sua família e eu. Você passou de queridinha de Meadowlark a mistério de Meadowlark. As pessoas vão ficar felizes em te reencontrar.

Teddy estacionou a caminhonete. Olhei pela janela para o familiar estacionamento de terra. Estava cheio. Claro que estaria: era noite de sexta-feira em Meadowlark, Wyoming.

O evento que me fez empacotar minha vida em Denver e fugir para casa não podia ter esperado até segunda?

O Bota do Diabo era um dos bares mais antigos de Wyoming, ficava quase na fronteira do condado de Meadowlark. Longe o bastante para que seus clientes fossem quase sempre locais. Não parecia grande coisa do lado de fora. Nossa, não parecia grande coisa de dentro também. Era uma construção antiga de madeira, estilo clássico de bar. Havia tinta desbotada nas paredes, um excesso de letreiros de neon e um pedaço de compensado pendurado sobre a porta da frente, exibindo uma bota de caubói com um tridente pintado em spray. Na verdade, não estava escrito em lugar nenhum "Bota do Diabo" — nem na porta, nem nas canecas de cerveja, em nada. Apenas a bota solitária e o tridente de diabo desde sempre.

Ainda de dentro da caminhonete, eu conseguia ouvir a banda, estava tocando um cover de Hank Williams. Eram só nove da noite, então os clássicos country continuariam tocando até que a multidão pedisse músicas mais atuais para dançar e cantar. Torci para que a gente já estivesse longe a essa hora.

Mas não podia contar com a sorte.

— Ei. — Do banco do motorista, a voz de Teddy soou suave. — Se não aguentar mesmo ficar aqui, podemos ir embora, mas não consigo pensar em nada que eu queira mais do que passar a primeira noite da minha melhor amiga na cidade num lugar que, no fundo, a gente ama. — Eu, de fato, amava esse lugar, apesar da má vontade. — É sempre divertido. Baixo risco e alta recompensa.

Suspirei. Uma pequena parte de mim ficou... empolgada por estar no Bota do Diabo. Por estar em casa.

E uma parte menor ainda sabia que Teddy estava certa. A gente se divertiria, as pessoas seriam gentis, e provavelmente não pagaríamos pela bebida. Esse era o ponto central de Meadowlark: a cidadezinha era previsível. Chegava a ser confortável. Conforto e previsibilidade, duas coisas que eu estava precisando.

— O que quer fazer, Emmy?

Olhei para Teddy.

— Quero ficar. — E falei sério.

O sorriso de holofote no rosto de Teddy poderia abastecer energia para Meadowlark e todos os condados vizinhos. Teddy apertou a minha mão.

— Essa é minha amiga. Vamos lá.

Respira fundo, Emmy. Empurrei a maçaneta da porta do passageiro com força. O Ford Ranger 1984 de Teddy precisava de jeitinho — vide as portas que mal funcionavam.

Assim que minhas botas pisaram na terra, o nó no meu estômago começou a se desfazer. Fui envolvida pelo som. Sentir as pedras sob a sola dos sapatos era um lembrete de que eu estava bem. Território familiar. Tudo era tão estranho ultimamente, mas não aqui. Não a minha casa.

Depois de tanto tempo planejando a fuga de Meadowlark, eu não sabia como me sentiria ao voltar. Passava as festas de fim de ano, os aniversários e alguns fins de semana aqui, mas agora parecia definitivo. Achei que me sentiria presa como anos atrás.

Mas não. Estava sendo agradável e normal.

Inspirei fundo o ar frio da noite. Era como se o oxigênio estivesse expulsando o peso no peito.

Ouvi as botas de Teddy se aproximando da caminhonete enquanto eu fechava a porta.

— Nossa, Ryder. Quase esqueci como você é gata.

Dei um sorriso. De verdade.

Os elogios de Teddy eram os melhores porque ela falava sério. Teddy era honesta, determinada e amorosa. Ela nunca dizia nada só por dizer.

— Eu vou pra casa com você hoje, Andersen. Não precisa me encher de elogios — respondi enquanto enroscava o braço no dela. — A gente faz um bom par.

E nós fazíamos mesmo.

Teddy e eu erámos inseparáveis desde quando o pai dela tinha começado a trabalhar no rancho da minha família mais de vinte anos atrás. Embora tenhamos passado os últimos quatro anos depois da faculdade em cidades diferentes, conversávamos quase todo dia, e Teddy viajava oito horas até Denver pelo menos quatro vezes por ano. Eu era sortuda por ter uma amiga como ela, do tipo com que todas as pessoas sonham.

Quando apareci na porta de Teddy mais cedo, a minha vida toda estava na caminhonete. Ela nem pestanejou. Não perguntou sobre o apartamento, o namorado ou a carreira que abandonei. Apenas me alimentou com queijo e coca-cola zero e me deixou ficar largada no sofá por algumas horas. Depois bateu palmas, um sinal de que a gente ia seguir em frente, e mandou que eu escolhesse um look no guarda-roupa porque íamos sair.

Pus uma regatinha branca, agora debaixo da minha amada jaqueta jeans forrada com lã de ovelha e uma saia de cetim preta de Teddy. A fenda mostrava mais do que eu estava acostumada — ia até o meio da coxa —, mas amei como fazia eu me sentir. Sexy. Por fim, botas pretas de caubói que nunca deveriam passar a um raio de três metros de um cavalo, mas eram perfeitas para uma noite no bar.

Teddy usava um cropped preto de manga curta e um jeans claro que parecia ter sido literalmente moldado ao seu corpo. O cabelo ruivo dela estava num rabo de cavalo alto que balançava a cada movimento.

— Tá pronta, meu bem?

Inspirei fundo mais uma vez o ar fresco de Wyoming. *Você tá bem, Emmy.* Pensei. *A sua bota não tá mais no estribo. Você tá em terra firme.*

— Tô pronta.

Dois

EMMY

Passar pela porta do Bota do Diabo foi como vestir a minha calça jeans favorita. Tudo apenas... caía bem. Apesar de ser escuro e meio sujo e cheirar a fumaça de cigarro velho. Fumar em locais fechados era ilegal em Wyoming desde 2005, mas ninguém dizia nada se alguém de vez em quando acendesse um cigarro no Bota do Diabo.

Afinal, era totalmente um pé-sujo, iluminado apenas pela luzinha amarela atrás do balcão, pelas luzes do palco e pelos inúmeros letreiros de neon.

Havia alguma coisa especial num letreiro de neon cortando a escuridão.

Meu letreiro favorito era o de um caubói cavalgando uma garrafa de cerveja como se fosse um touro, e ele ficava no canto bem acima da minha mesa alta favorita. Acho que nunca vi o Bota do Diabo à luz do dia, e acho que nem quero. Tudo ficava mais misterioso banhado nesses tons.

Fora que todo mundo ficava mais bonito também. Isso deixava qualquer um lá numa enrascada.

Logo senti minhas botas grudarem no chão — provavelmente experimentando o gostinho delicioso de uísque derramado trinta anos atrás — conforme Teddy e eu caminhávamos até meu canto do caubói neon.

— Beleza, vamos de bebida clara ou escura? — perguntou Teddy.

— Clara.

Isso significava duas opções: vodca ou tequila. Sem dúvida Teddy escolheria tequila.

— Tequila então.

Certas coisas nunca mudam.

Não havia nada melhor do que a familiaridade de estar perto de quem a gente ama, e eu amava Teddy demais.

— Você fica aqui sendo gata e misteriosa, que eu vou pegar a primeira rodada —Teddy gritou ao som da banda.

— Drink de tequila, tá bom? — Se eu não explicasse, ela voltaria com duas doses. Uma para cada uma. — Melhor ir devagar.

Teddy revirou os olhos e começou a se afastar.

— Tá bom. Drinks de tequila. Por enquanto.

— Limão extra, por favor! — gritei. Ela acenou de costas para avisar que tinha me escutado.

Eu tirei a jaqueta jeans e a pendurei na cadeira antes de me sentar e observar ao redor.

Reconheci alguns rostos familiares — George, Fred, Edgar e Harvey. Acho que eles têm vindo toda noite pelo menos desde o início dos tempos. Havia um quinto membro no grupinho deles, mas Jimmy Brooks faleceu há uns anos. Ninguém nunca se sentava no lugar deles bem no fundo do bar — e o lugar de Jimmy sempre ficava vago. Imaginei se alguém seria corajoso ou tapado o suficiente para se sentar ali. Os homens eram mais velhos, mas mesmo assim apavoravam todo mundo.

Teddy tinha chegado no balcão e balançava o rabo de cavalo para Edgar, com certeza tentando persuadir o velho a pagar nossas bebidas.

A banda trocou para um cover de "I've Always Been Crazy", de Waylon Jennings. Havia uma multidão na frente do palco cantando o refrão aos gritos. Observei as pessoas, e o prazer irrestrito que elas sentiam trouxe um grande sorriso ao meu rosto.

— Emmy?

Desviei o olhar do grupo de caubóis cantarolando para o dono da voz grave.

— Kenny, oi.

Eu não me lembrava da última vez que tinha visto Kenny Wyatt — na formatura do ensino médio? —, mas o reconheci na hora de pé diante de mim. O cabelo loiro escuro estava com um corte baixo, e ele tinha uma barba bem aparada que eu nunca imaginaria nele. Kenny era mais conhecido por ser um ex-*quarterback* da Escola de Meadowlark, mas também era um ex-companheiro de Emmy Ryder no baile de outono.

— Que bom te ver — eu disse enquanto me levantava para dar um abraço rápido. Ele me envolveu com firmeza e me apertou. Quando me afastei, Kenny não tirou a mão da minha cintura, então mantive a minha no ombro dele. Costume de Meadowlark, acho.

— Puta merda, Em. Quanto tempo. Achei que você estivesse na turnê da Associação Profissional de Rodeio Feminino. — A Associação também deve ter pensado isso.

— Vou dar um tempo — comecei o discurso que ensaiei durante a viagem toda de Denver para Meadowlark. — Tô competindo há bastante tempo, então pensei em passar um período com a minha família. Além disso, sinto muita saudade do rancho.

Ele apertou de leve minha cintura. E eu não odiei.

— Seu pai e seus irmãos fazem um bom negócio lá.

Com certeza estão felizes por ter você de volta. — Sim, com certeza. Quando eles souberem disso. — Até quanto pretende ficar por aqui? — *Provavelmente para sempre*, considerando que agora eu nem conseguia subir num cavalo.

Para alguém que tinha passado a vida toda cavalgando, não superar o bloqueio mental de uma lesão que aconteceu na garupa de um cavalo era um pesadelo. Se quisesse voltar ao normal, mesmo que não fosse para competir, Meadowlark e Rebel Blue eram os lugares onde começar.

— Pelo menos por alguns meses. — Tentei manter a empolgação na voz, mas não a ponto de soar falsa. — É bom estar em casa.

Kenny sorriu para mim. Um sorrisão caloroso e genuíno.

— É bom te ver, Emmy, de verdade. E você está bonita. Muito bonita.

Senti minhas bochechas ficarem com um tom vermelho vivo. Kenny sempre falava manso. O modo como ele estava me olhando, como se estivesse esperando por mim esse tempo todo, fora a sinceridade nas suas palavras, me fez querer fugir e me esconder.

Em vez disso, respondi com um sorrisinho e falei:

— É bom te ver também, Kenny.

— Enquanto estiver aqui, a gente deveria se ver... — As palavras de Kenny foram cortadas pela pausa desajeitada de "Good Hearted Woman". Um silêncio confuso caiu sobre o bar enquanto todo mundo aguardava o que a banda faria em seguida.

Segundos depois, o guitarrista tocou o início da melodia de — ah, meu Deus, não — "Oh My Darlin' Clementine".

Apenas duas pessoas achavam engraçado me torturar com essa música toda vez que eu chegava em algum lugar. Uma delas era meu irmão mais velho, Gus, mas ele nem estava em Wyoming. Isso só podia significar uma coisa. *Ele* estava aqui.

Passei os olhos com raiva pelo bar, procurando por ele. *Esse maldito*. Os clientes do Bota do Diabo começaram a cantar e a dançar, muitos sorrindo para mim estupidamente. A música era no fundo uma grande piada interna da cidade a essa altura, e eu estava extremamente focada em encontrar o piadista.

Ele devia estar aqui em algum lugar. Por que ele estaria no Bota do Diabo? Não tinha a própria torre de latas de cerveja na sala? Garrafas de uísque para atirar?

Se ele conseguiu convencer a banda a mudar o *setlist*, devia estar perto do palco. Fui nessa direção sem pensar mais. Continuei examinando o ambiente enquanto andava. Má ideia para uma garota que só tinha coordenação motora enquanto cavalgava.

Tropecei nas botas e bati numa superfície dura.

Um peito.

Um peito de homem.

O peito DO homem.

Ergui o olhar para o dono do peito, que tinha um sorriso arrogante no rosto.

Era *ele*.

Luke Brooks.

Três

LUKE

Eu a vi no instante em que suas botas pretas de caubói cruzaram a porta do meu bar. Ela era a queridinha de Meadowlark, uma grande mala e irmã mais nova do meu melhor amigo.

Clementine Ryder.

A última vez que a encontrei havia sido no fim do ano retrasado, mas ela estava saindo do Rancho Rebel Blue quando eu cheguei. Tinha me atrasado, como sempre.

Gus me contou que a agenda de Emmy ficou bastante atribulada nos últimos anos. Considerando que ela era muito boa na competição, com certeza era verdade. Os Ryder eram a única família que já tive, então Emmy era uma presença constante na minha vida, mesmo que eu mal a visse hoje em dia. De vez em quando, ela ligava quando eu estava com Gus, ou eu lia no jornal que ela tinha ganhado outro título, mas isso era diferente de ela entrar no meu bar numa sexta-feira à noite.

Com *aquela* aparência.

Caramba. Ela sempre foi assim?

Ou apenas parecia desse jeito sob o brilho dos letreiros de neon?

O cabelo dela estava solto e bagunçado. Ainda mais comprido do que da última vez, na altura do meio das costas. Ela usava uma saia de um tipo de tecido brilhoso; acho que cetim ou seda. Seu corpo se movia como água. Isso me fez imaginar como ela ficaria enrolada num lençol. Mas não qualquer um — o meu lençol.

Merda. De onde veio essa ideia? Qual era o meu problema? Com certeza fazia tempo demais que eu não transava. Nem queria pensar em quanto tempo.

Essa é a irmã caçula do seu melhor amigo, imbecil.

Uma palavra pairou na minha mente como um alarme: *proibido*.

Caramba. Ela estava realmente bonita. Tudo bem eu notar como ela estava bonita, certo? Ela era uma mulher adulta. Eu era um homem adulto que gostava de mulheres bonitas. Só não via uma há um tempo.

Pelo menos não uma mulher *tão* bonita. Enfim, não era como se algo fosse rolar entre a gente. Ela não me suportava.

Joe estava de bartender à noite e, ao me chamar, me afastou dos pensamentos inapropriados sobre Emmy Ryder. Que raios ela estava fazendo aqui?

Geralmente eu ficava sabendo das visitas porque Gus não calava a boca nos dias que antecediam sua chegada, mas não tinha ouvido um pio sequer desde que ele partiu para Idaho ontem. Além disso, ela não costumava sair do rancho. Não era segredo que Emmy sempre desejou escapar de Meadowlark. A única coisa mais forte do que a vontade de ir embora era o amor dela pela família, que a arrastava de volta algumas vezes no ano.

— Brooks! Precisamos de troco, cara — gritou Joe mais alto do que a música. Beleza, era isso que eu estava fazendo antes de uma certa morena passar pela porta e me paralisar. Desde quando a Ryder caçula tinha algum efeito sobre mim?

Desde hoje, aparentemente.

Isso me irritou pra cacete.

Olhei para trás e assenti rapidamente para Joe, avisando que tinha escutado. Foi quando notei uma ruiva flertando com um dos meus cavaleiros no balcão. Reconheci o rabo de cavalo balançando antes de ver seu rosto: Teddy Andersen.

Se tivesse visto Teddy antes, talvez pudesse ter me preparado para a chegada de Emmy. Quando se tratava das duas, uma coisa era certa: aonde uma ia, a outra ia atrás. O que enlouquecia Gus.

Ele sempre tinha achado Teddy dramática — barulhenta demais, exagerada demais e encrenqueira demais.

Eu gostava dela. Sempre foi uma boa amiga para Emmy e uma das poucas pessoas que não se intimidava com a babaquice corriqueira de Gus.

Além disso, meus clientes davam mais gorjeta aos garçons e gastavam mais dinheiro quando ela estava por perto. Teddy era boa para os negócios, mas Gus não considerava ela um bom exemplo para sua irmãzinha. Eu achava que Emmy merecia um pouco mais de crédito. Ela era quieta, mas determinada. Isso tornava as duas amigas um bom par. Não que eu fosse admitir isso para Gus.

Emmy não era da minha conta.

Ao me avistar, o olhar de Teddy me perfurou.

Não consegui decifrar sua expressão, mas então ela se concentrou em Emmy e se voltou para mim. *Merda*. Fui pego encarando quem não devia. Eu me virei depressa e abri caminho até meu escritório. Ficava bem atrás do palco onde a banda da casa, Fiddleback, estava cantando várias músicas de Waylon, como de costume.

O Bota do Diabo tinha música ao vivo desde que me entendia por gente, mas geralmente só às sextas-feiras. Quando assumi os negócios, Fiddleback tocava às sextas, e outras bandas locais assumiam o posto nas terças, quintas e sábados.

Podiam tocar canções autorais contanto que implementassem o *setlist* com os clássicos.

Meus clientes adoravam cantar. Alto.

Nos outros dias da semana, voltávamos à moda antiga com os jukeboxes.

Falhei ao manter os olhos longe de Emmy enquanto eu andava até o escritório. Flagrei de relance quando ela tirou a jaqueta jeans, revelando uma regata branca com decote profundo que exibia os braços torneados. *Jesus.*

Quis gritar por causa disso e da maldita saia.

Troco, Brooks. Joe precisa de troco. Vai pegar o troco.

Assim eu me tornaria o dono de bar mais ocupado do mundo. Só precisava sobreviver à noite, porque o brilho dos letreiros de neon sumiria de manhã, e Clementine Ryder voltaria a ser apenas a irmãzinha do meu melhor amigo.

Tomara.

Meu escritório era pequeno, mas contava com o essencial: uma mesa, um sofá pequeno e uma garrafa de uísque numa gaveta da mesa. Eu não passava muito tempo lá. Quando se tratava de negócios, eu costumava terminar qualquer tarefa no bar antes de abrir. Gostava de assistir o lugar se transformar do dia para noite. Como mágica.

Nunca tinha me considerado um empresário. Nem eu nem ninguém. Não era conhecido em Meadowlark por ser responsável, mas o bar me fazia querer ser mais do que as pessoas esperavam de mim.

Só não sabia se estava dando certo.

Já que o escritório ficava bem atrás do palco, eu sentia as ondas de som. A vibração balançava o copo e o uísque que tirei da gaveta da velha mesa de madeira. Virei uma dose, esperando que fosse entorpecer o novo efeito que Clementine Ryder tinha sobre mim.

Por que isso estava acontecendo comigo?

Esperei o fim da queimação na garganta antes de pegar o troco. Pelo punhado, deveria ser mais do que suficiente para a noite. Eu, por outro lado, precisaria de mais algumas doses no escritório se fosse olhar para Emmy a noite toda.

Nem quis imaginar o que Gus faria comigo se soubesse o que eu estava pensando sobre a irmãzinha dele.

Bater em mim, no mínimo. Matar, provavelmente.

Saí com dinheiro no bolso e tranquei a porta. Quando ergui os olhos, tive a visão perfeita de Emmy flertando com ninguém menos do que o maldito Kenny Wyatt.

Aquele cara repugnante. Claro, Kenny era o menino de ouro da cidade, mas os irmãos mais velhos de Emmy e eu não tínhamos esquecido que ele havia trocado Emmy por outra garota no baile de outono quando eles estavam no último ano do Ensino Médio.

Descrever o irmão mais velho de Emmy como protetor era um grande eufemismo, e seu outro irmão, Wes, apesar de ser assim também, pegava mais leve. Gus daria uma surra em quem pudesse machucar Emmy, e Wes garantiria que ela ficasse bem.

Eu mal tinha parentes, mas os Ryder eram minha família de consideração, então eu acabava envolvido na hora de defender a honra de Emmy, o que acontecia mais do que se imaginava.

Até hoje acho que Kenny nunca descobriu como seu precioso Mustang terminou com os quatro pneus arriados do outro lado da cidade.

Agora esse idiota estava com a mão em Emmy, e ela estava sorrindo para ele, então fiz o que Gus e Wes gostariam que eu fizesse: tirei aquela mãozinha suja dali. Foi por Gus e Wes. Não por mim.

Não porque eu estivesse com ciúmes.

Eu não estava com nem um pingo de ciúmes.

A expressão dela ao escutar a batida do violão foi impagável. Bônus: sua mão se afastou na hora do braço do zé ruela. *Que bom.* Mas a mão dele continuou na cintura de Emmy quando ela começou a olhar em volta — procurando por mim, imaginei. Como Gus estava no rancho em Idaho, eu era a única outra pessoa que a provocaria dessa forma.

Eu me esforcei ao máximo para ignorar como Kenny mantinha a mão nela — como se ela fosse dele —, ou eu iria até lá e quebraria aquela mão. Observei Emmy analisar cada canto do bar. Mais do que focada, ela estava puta. Havia algo nos seus olhos que eu nunca tinha visto: fogo. Andei até ela, incapaz de me conter, pronto para me queimar.

EMMY

Senti as mãos de Brooks segurarem meus braços depois de eu ter trombado com seu peito, o que foi como se chocar contra uma parede de tijolos. Era *duro*. Ele estava fazendo levantamento de carros ou algo do tipo?

Suas mãos ásperas rasparam na minha pele, e odiei o arrepio que senti por causa do toque dele.

Não importava a minha idade — quando se tratava dele, eu voltava aos treze anos, quando assistia Brooks, aos dezoito, sem camisa e embalando feno. Ele era bonito na época, e continuava bonito agora. Mesmo que a quedinha de adolescente tenha se dissipado assim que fiquei esperta o suficiente para perceber o quanto ele era irritante, havia algo nele que me perturbava.

Afastei suas mãos, frustrada por ele ainda mexer comigo. Eu era alta, media mais ou menos um metro e setenta e cinco, mas precisava esticar o pescoço para fuzilar Brooks com os olhos. Ele não tinha mudado nada nos últimos anos.

Na verdade, só tinha ficado mais bonito, o que me deixou mais irritada.

Brooks não era apenas alto; era largo. O cabelo castanho-escuro e sempre longo chegava à metade da nuca. E era meio ondulado de um jeito que as mulheres, inclusive eu, matariam para ter igual.

Assim como os cílios ridículos que emolduravam os olhos ridículos cor de chocolate. O cabelo era longo o bastante para ser ajeitado atrás da orelha, o que significava que o maxilar ridículo e proeminente ficava à mostra com a barba ridícula por fazer.

Com certeza muitas garotas amariam que seus irmãos tivessem um melhor amigo tão bonito quanto Luke Brooks. Eu fui uma delas. Enquanto ele não abrisse a boca ridícula e falasse com a típica e ridícula voz grave.

A essa altura, eu devia ser mais criativa com meus insultos descritivos, mas Luke Brooks tinha o hábito de me frustrar tanto que todos meus pensamentos coerentes praticamente fugiam da minha cabeça.

Que irritante.

Ele era irritante.

— E aí, Clementine?

Meu olhar raivoso não diminuiu a arrogância que literalmente vazava por cada poro dele. Era palpável. Brooks sempre tinha sido desse jeito. Se ego fosse algo físico, o dele seria maior do que o estado inteiro de Wyoming. Talvez até do que de Colorado e Utah também.

— Vai à merda, Brooks.

Ele deu um assobio baixo que terminou numa risada. Eu odiava quando ele fazia isso.

— Bom ver que sua língua tá mais afiada que nunca, gatinha. — O jeito que ele disse "gatinha" foi quase humilhante.

— Não. Me. Chame. Assim.

Fiz uma pausa a cada palavra, enfatizando sílaba por sílaba.

— Melhor não deixar Kenny Wyatt botar as mãos em você — rebateu ele. — Aí não vou ter que te resgatar.

Esse cara estava falando sério? Ele deu início a uma guerra psicológica com aquela música estúpida porque um menino da *escola* pôs a mão na minha cintura?

Uma mão na cintura provavelmente é o gesto mais inocente da história inteira do bar. Sério — eu nem queria imaginar qual porcentagem da população de Meadowlark havia sido concebida nos banheiros do Bota do Diabo.

— *Me resgatar?* — Levantei a voz, com sorte não mais alto do que a música... ainda. — Se liga, Brooks.

A banda chegou ao trecho sobre bolhas — graças a Deus. Já ia acabar. Quase todo mundo estava cantando, mas a maioria se esqueceu de mim depois do primeiro refrão, então a brincadeira idiota de Brooks não durou muito tempo.

— Sim, Clementine. Te resgatar. Seus irmãos surtariam se vissem você aqui flertando com o Wyatt.

— Eu não estava flertando com o Kenny. Só dei "oi". E, mesmo que estivesse, não é da sua conta. Você não é o meu segurança, Brooks. E nem o Gus ou o Wes. Sei me cuidar.

— Na verdade, o que os *meus* clientes fazem no *meu* bar é da *minha* conta. — Bar dele? Desde quando? — E a sua família é a minha família, Emmy, então, mesmo que você não estivesse no meu bar, você seria da minha conta. Sempre foi e vai continuar sendo assim.

Pela autoridade na sua voz, ele não queria ser questionado.

Eu não ligava.

Devia ser brincadeira. Ele não era dono do Bota do Diabo. Eu não sabia quem era, mas não devia ser Luke Brooks de jeito nenhum. Ele era descuidado e irresponsável. Com certeza seus únicos bens eram uma picape preta que mal podia ser classificada como veículo e um monte de regatas cavadas que estavam mais para camisetas antes de serem mutiladas por uma tesoura.

— Esse bar não é seu — eu o desafiei.

— Esse bar *é* meu, gata. E agora os meus garçons precisam de troco, então sai do meu caminho. — Se virou antes de passar por mim. — E pode dizer pro Kenny Wyatt manter as mãos longe ou vou expulsar vocês dois.

Quatro

LUKE

Acordei com o sol entrando pela janela. Deviam ser seis e pouco. Droga, isso significava que eu já estava atrasado. Para ser sincero, eu provavelmente não teria levantado para a corrida matinal mesmo. De olhos abertos, levei uns três segundos para me arrepender das doses que virei com Joe no bar.

Eu nunca fazia isso.

Por que que eu tinha feito aquilo?

Ah, é, porque Emmy, com o cabelo bagunçado e a merda da saia que parecia um lençol, saiu do meu bar ontem com Kenny Wyatt. Emmy, jogando a cabeça para trás e gargalhando das piadas, passava pela minha mente como uma retrospectiva em vídeo.

Wyatt não era tão engraçado.

Mas ele manteve os dedos imundos longe dela, sobretudo graças a Teddy, que puxou Emmy na maior parte da noite para a pista de dança na frente do palco. Só que, quando elas estavam a caminho da porta para irem embora, Wyatt envolveu o braço magrelo ao redor da cintura dela, e a porra da mão desceu um pouquinho demais para o meu gosto. Eles mal tinham saído do bar, e eu já tinha tomado outra dose.

Rangi os dentes ao lembrar.

Meu Deus, como minha cabeça doía. Eu nunca tomava

mais do que um shot no trabalho e, mesmo assim, não fazia isso com muita frequência. Ontem à noite, deixei Emmy me atingir e eu não tinha ideia do porquê.

Levou mais dez minutos e muitos grunhidos para eu sair da cama e tomar um banho frio, tentando lavar cada pensamento sobre ela. Aí lembrei de que gostava de todos os meus membros e não queria dar motivo a Gus para arrancar nenhum deles.

Depois que vesti uma calça jeans surrada, meu celular tocou. *Foi só falar.* Gus.

Fica tranquilo, Brooks. Você não fez nada. Só comeu a irmã dele com os olhos. Está tudo bem.

Atendi.

— Alô, aqui é o Brooks quem fala.

Minha voz acabou de desafinar? Sim, minha voz acabou de desafinar pra caralho.

— Por que você atendeu como se fosse uma entrevista de emprego?

O que eu deveria responder? Ou atendia assim, ou dizia sem querer que achava a irmãzinha dele uma grande gostosa.

— Sou um empresário. Preciso ser profissional.

Pois é, era isso o que eu era: profissional. Gus ficou em silêncio por um instante.

— Tá bêbado?

— O quê? Não. São seis e meia da manhã, e você sabe que vou dar aula hoje.

— Só checando. Pode pegar a Riley na mãe dela a caminho do rancho?

— Achei que a Cam fosse fazer isso, já que você tá fora da cidade.

Camille foi com quem Gus ficou uma noite só, cinco anos atrás, e disso resultou a filha de Gus, Riley. Depois que

Riley nasceu, Camille e Gus ficaram algumas vezes, mas nunca foram um casal oficialmente.

Os dois se davam bem, compartilhando a guarda de Riley. Gus até gostava do novo noivo de Camille — o máximo que gostaria de um homem da cidade grande.

Riley era a coisa mais importante do mundo para Gus. Quando ela nasceu, tudo mudou para ele, e para mim também.

Eu sempre tinha sido um desastre, mas para ser justo, vim de uma longa linhagem de desastres. Fui fruto de um caso extraconjugal. Meu pai não era como Gus. Ele não conseguiu lidar com a responsabilidade. Não assumiu o desafio, então acabei ficando com a minha mãe, o marido dela e os filhos deles.

Digo com tranquilidade que eu não era muito querido na casa.

Minha mãe ainda estava pelas redondezas, mas eu não a via ou falava com ela havia anos. O marido dela não gostava que ela mantivesse contato comigo. Isso não era exatamente bom, a questão é que eu preferia nunca falar com ela a ter que lidar com meu padrasto. John era nojento.

Eles moravam do outro lado da cidade, perto dos meus irmãos. Se eu fosse chutar, diria que ela ainda vive à base de cigarro mentolado e coca-cola.

Passei os primeiros sete anos da minha vida me perguntando o que havia de errado comigo. Ainda me pergunto, mas tudo mudou quando conheci Gus.

Gus não era protetor só com Emmy — ele era assim de modo geral. Sempre tinha sido desse jeito, desde quando nos conhecemos no ensino fundamental. Antes de eu ficar malhado, eu era praticamente um poste ambulante, maior do que todo mundo da mesma idade. Minha mãe não tinha dinheiro para comprar roupas novas a cada estirão, então eu acabava usando algumas que mal cabiam em mim. Somando o fato de eu ser a única criança que morava num trailer, isso não impressionava muito meus colegas.

As crianças conseguem ser cruéis.

Por outro lado, quando Gus me viu ser empurrado por alunos do sexto ano, ele se aproximou e disse para eles caírem fora — da melhor forma que um aluno do quinto ano era capaz. Aí a gente almoçou. Bem, ele teve que me dar um pouco do próprio almoço porque eu não tinha nada e, depois da escola, disse para Wes que eu era o novo amigo deles.

E foi isso.

Quando encontrei os Ryder, eles me trataram como se eu fosse uma pessoa respeitável. Antes de conhecê-los, eu nem sabia o que era um amigo. Sem nunca ter tido um, naquele dia ganhei dois.

Então, quando vi Gus ser responsável como pai de uma bebezinha, quis assumir responsabilidades também.

Eu ainda era um desastre, mas pelo menos tinha um emprego, uma poupança e algumas metas para o bar.

— O noivo dela tá tentando fechar um grande negócio ou algo assim — explicou Gus. — Ela tentou me explicar, mas parecia que estava falando grego. Só sei que, seja lá o que for, ele precisa trocar ideias com algumas pessoas no clube o dia todo.

— Entendi. Por que não pede pra Emmy pegar a Riley?

— Porque a Emmy tá em Denver, zé mané. Você não tá bêbado mesmo?

— *Não tô* bêbado, mas a Emmy talvez esteja por causa da quantidade de doses de tequila que tomou ontem à noite.

Não houve nada além de silêncio do outro lado da ligação. Tive um pressentimento ruim de que eu tinha prejudicado Emmy dizendo aquilo. Por que ela não contaria para a família que veio para casa?

Pensei mais a respeito. Por que ela viria quando o pai e o irmão estavam fora da cidade? Não que Wes não fosse ficar empolgado em vê-la, o fato é que ele estava cobrindo Amos e Gus no rancho. Parando para pensar, não era o momento ideal para ela aparecer.

— Emmy tá em Meadowlark? — A voz de Gus estava séria.

Merda. Com certeza prejudiquei Emmy.

— Pois é, ela saiu do meu bar com Kenny Wyatt ontem.

Merda, merda. Eu devia ter deixado esse detalhe de fora. Torci para Gus não ter percebido a minha irritação quando mencionei sua irmãzinha e o ex-parceiro dela no baile da escola.

— Ela foi pra casa com aquele imbecil? E você não impediu?

Não. Queria ter impedido, mas não pelo motivo que ele estava pensando.

— Sua irmã é uma mulher adulta, Gus, não é?

Mesmo que eu desejasse que Emmy não tivesse ido embora com Wyatt, Gus de vez em quando ainda precisava ser lembrado de que ela era capaz de se cuidar sozinha. — Além disso, Teddy estava junto. Com certeza a melhor amiga vai tomar conta dela.

— Você sabe muito bem que a Teddy é encrenca. — Ele estava ficando mais irritado. Eu não devia ter mencionado Teddy. Esses dois não se davam *nada* bem. Eu estava com a corda toda esta manhã. — Não acredito que a Emmy não contou pra gente que ia voltar para casa.

— Não duvido que ela pretendesse contar — declarei, irritado por sentir necessidade de justificar as ações de Emmy. Desde quando eu ligava? — Provavelmente não quis incomodar você e o seu pai enquanto estão em Idaho.

— Aposto que a Teddy tem a ver com isso.

— Você não pode culpar a Teddy por tudo.

— Eu posso, sim. Culpei agora e vou continuar culpando.

— O que vai fazer quando Emmy tomar uma decisão que você não goste, e a Teddy não estiver por perto?

— Isso nunca vai acontecer. — Gus foi direto, como sempre. — Enfim, tudo bem você pegar a Riley? Já que a Emmy tá em casa, vou pedir a ela pra buscá-la no fim da aula e ir ao Casarão.

— Claro.

Não havia como evitar Emmy nessas circunstâncias. Era quase garantido que ela soltaria seus melhores insultos depois de descobrir que fui eu quem a dedurou para Gus.

— Valeu, cara.

— Sem problema. A gente se fala depois.

— Mais uma coisa. Fica de olho na Emmy até eu chegar em casa, tá bom?

EMMY

Seja lá o que for, esse zumbido incessante precisava parar. *Agora*.

Minha cabeça estava martelando, e o zumbido... meu Deus, o zumbido. *Alguém faça parar.*

Eu devo ter dito em voz alta, porque ouvi a voz de Teddy vinda do banheiro da suíte dela:

— Emmy, o zumbido é seu celular tocando faz dez minutos. Não é a trombeta do apocalipse.

Ah. Ops.

Tateei desajeitadamente. Quando o encontrei, o aparelho com a tela virada para o chão perto da cama de Teddy já tinha parado de tocar.

Aí vi sete chamadas perdidas de Gus.

Merda.

Meu pai estava bem? Wes estava bem? Riley estava bem?

Eu ia ligar de volta, mas logo chamou de novo. Atendi na hora.

— Oi, tá tudo bem?

— Me diz você, Clementine. — Afe. Eu odiava quando Gus usava a voz de pai dele comigo, mas pelo menos a irritação e a relativa tranquilidade deixaram claro que a nossa família estava bem e segura.

O que levantava a questão: por que Gus ligou oito vezes às sete e meia da manhã de um sábado?

— Tá tudo bem. Por quê?

— Onde você tá agora? — *Porra*. Ele sabia. Sem dúvida. Era o único motivo para perguntar. — Espero que não esteja com o Kenny Wyatt.

Eu ri. Ele estava brincando?

— Tô falando sério, Emmy. — Ah, ele estava falando sério. Por isso era tão engraçado.

— Olha, na cama de quem eu tô não é mesmo da sua conta, e é muito esquisito você querer saber disso.

— Não é isso. Só espero que não esteja nem perto daquele babaca.

— Relaxa, irmão. Tô na cama da Teddy.

Ouvi Gus suspirar do outro lado da linha. Não de alívio — um suspiro irritado, provavelmente por causa de Teddy.

— O Kenny foi legal o suficiente pra dar uma carona pra gente ontem, já que ele não bebeu nada no Bota do Diabo. Que babaca, né?

— Você sabe muito bem que de boas intenções o inferno tá cheio.

— Por que você odeia tanto ele?

— Só não gosto dele, tá bom?

— É por causa do baile? Supera. Faz quase dez anos, e tenho noventa e nove por cento de certeza de que você é o culpado pelo carro do Kenny ter aparecido numa vala na manhã seguinte, então acho que já se vingou o suficiente.

— Você é minha irmãzinha, Emmy. Se alguém mexer com você, mexe comigo — declarou Gus. Ele levava seu papel muito a sério. — Você é como a mamãe. Perdoa fácil, e as pessoas tiram vantagem. — *Meu Deus*. Era muito cedo, e eu estava com ressaca demais para Gus mencionar nossa falecida mãe. — E você pode perdoar o quanto quiser, mas é meu trabalho não esquecer.

— Deus do céu, August. Não são nem oito da manhã. Relaxa.

— Por que tá aqui, Emmy? — Gus não deixava que a conversa fugisse do tema por muito tempo. Típico.

— Eu só precisava de uma pausa. — O que era tecnicamente verdade. — Tive a oportunidade de dar um tempo, então vou fazer isso. E pensei em ficar em casa.

— Até quando? — Minha resposta pareceu satisfazer Gus. Pelo menos por enquanto.

— Ainda não sei, mas no mínimo algumas semanas.

No mínimo do mínimo.

— Tá bom. Vou ligar pro Wes e dizer que você chegou.

— Beleza.

Em menos de vinte e quatro horas, eu tinha sido descoberta, graças a Luke Brooks e sua boca de sacola.

— Riley tem aula de equitação no rancho hoje de manhã. Acaba mais ou menos às dez, e ela vai adorar te ver, então será que você pode pegá-la e levá-la de volta ao Casarão?

— Faço tudo pela minha pequena — respondi com sinceridade. Eu a amava. — Mas por que Cam não pode fazer isso? Não é o fim de semana dela?

— Sim, ela teve um imprevisto. Escuta, só preciso que você busque a Riley depois da aula. O Wes pode ficar com ela ou o Brooks pode levá-la pra casa dele até a mãe dela vir amanhã.

— Você deixa mesmo a sua filha sozinha com o Brooks?

— *Preocupante.*

Na infância, Brooks sempre estava por perto quando Gus tinha que cuidar de mim. Nas horas em que não estavam me ignorando totalmente, eu era uma fonte de entretenimento.

Acontece que descer as escadas de um porão muito escuro e sinistro num cesto de roupa suja não era muito engraçado, não importava o quanto seu irmão e o melhor amigo dele tentassem convencê-lo do contrário.

Ah, e uma pilha de travesseiros não era suficiente para amortecer a queda.

Eles também me deixaram no telhado uma vez. Por duas horas.

— Ele é um baita tio, Emmy. Sempre ajuda todo mundo. Vai ficar de olho nela. E em você, até o papai e eu chegarmos em casa.

Revirei os olhos. Eu não precisava de Luke Brooks me vigiando.

Tomara que um dia meu irmão me trate como uma adulta.

Ouvir o nome de Brooks me fez pensar no que ele disse ontem. A confusão mental da bebida tinha me feito esquecer.

— Falando no mutilador de camisetas, ele é mesmo dono do Bota do Diabo?

— Por que você detesta tanto o amor dele por regatas?

39

— Não é a roupa, mas sim o homem que corta as mangas com tanta agressividade. — Eu não queria ver os mamilos de Luke Brooks. — Responde!

— Sim, ele é o dono.

— Desde quando?

— Pergunta pra ele. É uma história esquisita. Tenho que ir, Emmy. A gente se fala mais tarde.

Acho que nunca vou descobrir como o garoto propaganda de cerveja pôs as mãos no imóvel mais sujo e amado de Meadowlark.

Eu não pretendia ver Brooks enquanto estava aqui — o ideal seria a gente não se encontrar de novo.

— Tchau, irmão.

— Tchau, Guszinho! — gritou Teddy do banheiro.

Ele não respondeu.

Quando desliguei, vi duas mensagens: uma de Kenny dizendo o quanto foi bom me ver ontem e outra do meu pai.

Feliz por você estar em casa, batatinha. Te amo.

Cinco

EMMY

O Rancho Rebel Blue ocupava quase oito mil acres da melhor terra de Wyoming. Isso o tornava o maior rancho de Meadowlark e dos condados vizinhos, assim como um dos maiores do estado.

A história da minha família com Rebel Blue começou nos anos 1800, quando migraram para o Velho Oeste. O rancho era menor na época. De qualquer forma, a maior parte da estrutura original ainda estava de pé.

Ao passar com a caminhonete pelo grande portão de ferro, entrei na estrada de terra principal que levava ao Casarão e engoli em seco.

Eu tinha chegado em casa, e Rebel Blue estava do mesmo jeito.

O rancho se concentrava principalmente em criação de gado, como no início, mas também criávamos ovelhas e alugávamos terreno para cavalos.

O sonho de Wes era transformar parte do que não usávamos em um pequeno hotel-fazenda, um projeto enorme com o qual Gus não concordava. Ele não tinha vetado diretamente, porque estava em dúvida.

Mas a ideia ainda poderia acontecer. Mesmo responsável por muita coisa, Gus não era o capitão do navio.

Quando havia mudanças no rancho, em geral nós fazíamos uma votação, e o resultado deveria ser unânime. Se o hotel-fazenda fosse uma opção, eu votaria a favor de Wes. Eu não sabia direito o que meu pai achava, mas ele adorava sonhar alto.

E o pilar de Rebel Blue era Amos Ryder.

Ainda que meu pai estivesse mais perto dos setenta do que dos sessenta hoje em dia, Rebel Blue era comandado sobretudo por ele e continuaria assim enquanto a saúde dele permitisse.

Wyoming era seu coração; Rebel Blue, o batimento cardíaco — bombeava vida através do meu pai.

Não importava que eu tivesse desejado muito escapar de Meadowlark, Rebel Blue bombeava a minha vida também. Era difícil descrever como o lugar me fazia sentir. No rancho, olhando para o céu azul ou para as montanhas, era como se eu fosse minúscula e insignificante. Não de um jeito ruim; apenas era lembrada de que os meus problemas nunca eram tão grandes quanto eu enxergava.

Depois de quase um quilômetro e meio na estrada de terra, avistei o Casarão.

Na construção em estilo de cabana de madeira, havia seis quartos: um para cada membro da família, um de hóspede e, extraoficialmente, o de Brooks.

Quando crescemos, Wes decidiu ficar aqui, provavelmente para garantir que meu pai tivesse companhia, mas Gus se mudou para uma das cabanas mais à frente na estrada.

Estacionei a caminhonete ao lado de uma picape preta que não reconheci. Devia ser de quem quer que estivesse dando as aulas de equitação, já que Wes sempre estacionava a caminhonete nos fundos e os funcionários do rancho tinham vagas do lado de fora das próprias cabanas.

Passei a mão no banco da frente para pegar o celular e os óculos de sol. Enquanto estava abaixada, alguém bateu no capô e me fez dar um pulo tão alto que bati a cabeça no teto. Jesus do céu. Como se não bastasse a dor de cabeça da ressaca.

Enquanto esfregava o machucado, avistei Wes pela janela da frente. Ele estava com um sorrisão, e eu sorri de volta apesar da pancada.

Wes era tipo um golden retriever. Diferente de Gus e de mim, ele tinha herdado os traços da minha mãe. Cabelo loiro em vez de escuro. Os olhos verdes eram mais claros do que os nossos, e ele também mostrava as duas covinhas enormes com frequência.

Na verdade, Gus também tinha covinhas, mas não era muito de sorrir.

Wes andou até o lado do motorista da caminhonete, abriu a porta e me puxou para um abraço apertado.

— Oi, maninha.

Seus olhos reluziam. Quem dera se todo mundo sempre ficasse feliz assim ao me ver.

— Oi, irmão. O que tá fazendo na casa a essa hora da manhã? E o trabalho?

— Haha. O Gus ligou de manhã e disse que você estaria aqui no fim da aula da Riley, então eu precisava te receber e falar duas coisinhas.

— Diga.

— O papai começou a fazer yoga.

Soltei um riso engasgado com a imagem do meu pai, aos sessenta e cinco anos, fazendo a posição do cachorro. Eu podia contar nos dedos de uma mão as vezes que o tinha visto usando algo além de jeans e camisa de flanela.

— Eu sei, eu sei. — Wes balançou a cabeça. — Mas ele tá mesmo focado na saúde das articulações. Também tá comendo legumes e tal. — Bem quando pensei que nada nunca ia mudar. — Enfim, a questão é que o seu quarto virou um estúdio de yoga. Ele muda de lugar a depender de onde a luz bate. No verão, o sol favorece o seu quarto.

— Tá bom...

— Então, pode escolher: o antigo quarto do Gus ou a cabana pequena.

A cabana pequena ficava a mais ou menos um quilometro atrás da Grande Casa, rodeada por álamos, e bem ao lado do córrego que cortava parte do rancho. Também ficava mais perto do estábulo que abrigava a maioria dos cavalos da família. Mesmo perto de tudo, parecia isolado.

Diferente do resto, não tinha um quarto. Era basicamente uma quitinete de madeira.

Um lugar particular e confortável — perfeito para mim.

— Cabana pequena, por favor.

— Boa escolha. — Wes sorriu. — Cavalguei até lá depois que o Gus ligou e abri as janelas. Faz tempo que ninguém se hospeda lá. As roupas de cama e banho estão sendo lavadas pra você.

Enquanto Gus era superprotetor, Wes era um cuidador dedicado. Acho que por isso a ideia de um hotel-fazenda o atraía.

Tomar conta dos outros era o que deixava Weston Ryder feliz, sem nunca esperar nada em troca. Nem pensava nisso.

Dei outro abraço nele.

— Vou te ajudar a levar as coisas depois do jantar, tá bom?

— Beleza. Além disso, tem espaço pra Maple, não tem? O transporte deve chegar amanhã. — Considerando o quanto minha partida de Denver tinha sido apressada, não houve tempo de pegar meu pequeno trailer de cavalo, então Maple ficou na estrebaria, mas eu tinha ligado no caminho para arranjar o transporte.

— Claro, Emmy. Tem, tipo, trinta baias no estábulo Ryder. Pode pôr a Maple perto da Moonshine. Com certeza elas vão ficar felizes. — Moonshine era minha égua também. Aos vinte e três anos, ela vivia a aposentadoria comendo bastante cenoura e maçã.

— Boa ideia. Tem algum quadriciclo pra pegar a Riley?

— Sim, na garagem. As chaves estão na ignição. Tenho que ir. Os funcionários vão fazer um motim se suspeitarem que tô fazendo corpo mole enquanto os chefões estão fora da cidade. Cercas pra consertar, bezerros pra pastorear. Sabe como é. — Eu sabia. — Te vejo mais tarde, Emmy.

Ele me deu um beijo na bochecha e começou a se afastar.

— Wes? — chamei.

— Oi?

— Você não perguntou por que voltei pra casa.

— Não importa o motivo, desde que esteja aqui.

As palavras me atingiram em cheio no peito. Muitas coisas terríveis aconteceram para, enfim, eu me forçar a vir à Meadowlark, mas acho que tomei a decisão certa voltando para casa.

— Bem-vinda de volta, Clementine.

Ele levantou o chapéu em cumprimento e foi até o estábulo.

Dirigi pela trilha que levava ao pequeno curral das aulas de verão. Meu cabelo voava, e não havia nada além de terra e céu azul. Meu Deus, essa vista nunca deixava de me impressionar.

Eu amava viver no Colorado. Ficava feliz em qualquer lugar com montanhas, mas havia algo especial em Wyoming.

Conforme me aproximava do curral, avistei algumas figuras do lado de fora da cerca, deviam ser pais observando os filhos, e cinco pôneis shetland com pequenos humanos na garupa.

As turmas de equitação eram uma coisa antiga, porém nova, em Rebel Blue. Minha mãe costumava dar aulas, mas interromperam as atividades quando ela morreu.

Foi só depois de Riley nascer que Gus decidiu que queria que continuassem, não só para a filha, mas para as outras crianças da região. Citando a crença da nossa mãe, "equitação desenvolvia paciência, empatia e disciplina".

Por ser muito nova na época, eu não lembrava dessas aulas e, quando Gus recomeçou tudo, eu já tinha deixado Meadowlark, então hoje seria a primeira vez que eu ia assistir.

Parei o quadriciclo a uns dez metros do curral. Não importava o quanto pôneis eram tranquilos — todo cuidado era pouco para não assustá-los se houvesse crianças de quatro anos nas rédeas.

Foi fácil encontrar o cabelo preto e cacheado de Riley. Que milagre os genes de Camille terem superado os de Gus, resultando uma criança fofa ao extremo — cachos escuros, olhos verdes e duas covinhas enormes. Ela estava cavalgando seu pônei favorito: Cheerio, de cor castanha. Ao me aproximar do curral, reconheci alguns dos pais e caminhei até eles.

Uma das mães estava sussurrando para outra sobre uma certa bunda "ser feita pra esse jeans", e contive o riso.

Gus devia ter escolhido um professor gato. Levei um segundo para avistar o homem de quem falavam. Ele estava de costas, mas imediatamente reconheci os ombros largos, o cabelo castanho pra fora do boné gasto e, claro, a bunda.

Não acreditei que Luke Brooks fosse um instrutor de crianças.

E que todas ainda estivessem respirando.

Brooks não tinha me visto, então tomei uma atitude que nunca me permitia — eu o observei. Ele estava ajudando uma garotinha a ajustar as rédeas e bagunçou o cabelo dela quando acertaram. Pelo sorriso da menina, parecia que ela tinha acabado de ganhar uma viagem para a Disney.

— Emmy, é você?

A mãe que estava sussurrando sobre a bunda de Brooks me trouxe de volta à realidade. Seu rosto era familiar, mas não lembrava o nome dela por nada. Acho que ela tinha um irmão da minha idade.

— A própria — respondi. Sorri, tentando canalizar a Teddy Andersen em mim. Ela abriu a boca, mas foi interrompida por uma criança gritando "Tia!".

Eu me virei para o curral e vi Riley, Cheerio e agora Brooks me olhando. O olhar de Riley derreteria um iceberg. Nossa, como senti saudades dessa criança.

Brooks sorriu para mim também, mas... não do jeito arrogante de costume. Ele demonstrava estar mesmo feliz em me ver.

O que era uma novidade.

— Oi, Emmy — gritou ele.

Fiz uma arminha com a mão e apontei para ele.

Nossa, queria estar brincando.

Eu me censurei internamente, mas Brooks não se intimidou enquanto Riley fazia uma pergunta, e ele se agachou para permitir que ela desmontasse do pônei — "com segurança" — já que era quase o fim da aula. Com uma mão na alça da sela e a outra nas rédeas, Riley tirou um pé do estribo e, com cuidado, passou a mesma perna por Cheerio e desceu no chão.

Ela era uma amazona nata.

Assistir à minha sobrinha com seu pônei me deixou zonza de orgulho, mas também foi como levar uma pancada no estômago. Eu não conseguia cavalgar Maple há um mês. Eu a selava e ia para a arena, só que entrava em pânico na hora de montar.

Toda vez.

Eu já tinha me machucado na montaria antes, mas nunca como no mês passado em Denver. Mesmo já tendo acabado no chão por causa de um pinote, foi a primeira vez que perdi completamente o controle, sem conseguir recuperá-lo. Apesar de ter lutado para isso.

Desde o começo do treino, eu sabia que havia algo errado. O cavalo estava agitado e arisco, mas insisti.

Eu devia ter sido mais esperta.

Dei de ombros ao lembrar e senti minha pulsação nos ouvidos, mantendo os olhos em Riley como distração da crise de ansiedade que me atingia a cada vez que eu pensava naquele dia.

Agora não, Emmy. Você não tem tempo pra isso.

Respirei fundo, igual ontem à noite do lado de fora do Bota do Diabo, o ar matinal me lembrando que era um novo dia.

E que eu estava em casa.

Riley entregou as rédeas para Brooks, que as pegou obediente. Ela correu para mim — escalando os buracos na cerca do curral e se jogando nos meus braços antes que eu pudesse tomar fôlego de novo. Tropecei para trás sem cair de bunda no chão apesar da ressaca.

— Tia! Você tá aqui!

Riley pôs as mãozinhas nas minhas bochechas.

— Tô aqui, raio de sol. — Sorri para a minha criança de quatro anos favorita.

— Você me viu cavalgando? Com a Cheerio?

— Vi, sim, você vai ficar melhor que seu pai — declarei, brincando. Riley sorriu mais.

— Ele fala que eu devo tentar ser igual a você porque você é a melhor amazona.

O golpe metafórico me acertou no estômago de novo.

Sim, eu era ótima. Uma grande amazona que nem conseguia mais subir num cavalo. Que piada, ainda mais considerando meu sobrenome.

Riley deu uma boa fungada.

— Tia, você tá com cheiro de fumaça.

Surgir numa aula de equitação de ressaca e fedendo a Bota do Diabo? Meu Deus, isso parecia algo que Brooks faria.

Merda.

— Riles — gritou Brooks. — Hora de soltar. Desgruda da Emmy, por favor.

Apertei o abraço. Ela riu.

— Minha tia não me solta, Brooks!

— Ei, você tá queimando meu filme, carinha — brinquei enquanto a punha no chão. Minha sobrinha deu um jeito de passar pelas barras do curral e voltou para Cheerio. Brooks devolveu as rédeas a Riley e olhou para mim.

O sorriso de antes havia sumido. Agora ele parecia irritado.

Ele se aborreceu mesmo por eu ter interrompido o finzinho da aula de equitação — depois da cena no bar ontem à noite?

Afinal, por que ele era o professor? Esse cara costumava atirar em alvos de barro na carroceria da caminhonete — *em movimento* — do meu irmão.

Brooks saiu do meio do curral para abrir o portão. Enquanto conduzia as crianças ao estábulo, me olhou de novo.

Torci para ele não conseguir ver, através dos meus óculos de sol, que eu estava retribuindo o olhar.

LUKE

Meu Deus do céu. Emmy Ryder ficava tão bonita à luz do dia quanto sob o brilho dos letreiros de neon. Sério, muito gata.

Quando ouvi o quadriciclo parar perto do curral, sabia que era ela e odiei o quanto fiquei ansioso para vê-la.

E aqui estava. De calça jeans desbotada e camisa cortada na cintura, ela era o sonho de qualquer caubói.

Me esforcei para desviar os olhos enquanto Emmy se acomodava com o grupo de mães — por algum motivo, elas achavam que eu não tinha ouvido os comentários sobre a minha bunda nos últimos quarenta e cinco minutos.

Havia outro cara que dava aulas no rancho de vez em quando, mas tenho quase certeza de que Gus o designou de propósito para as turmas regulares. Fiquei com as crianças porque meu amigo achava que eu era uma espécie de ímã de mães gatas.

Mas eu não me interessava pelas mulheres na cerca — até agora. Emmy estava deslocada ali. Ela deu um "oi" educadamente, mas não tinha vindo jogar conversa fora. Estava aqui para ver Riley.

Riley era obcecada por Emmy. Nunca parava de falar da tia, mesmo com Emmy morando longe.

Normalmente, eu esperaria até a aula acabar, com os cavalos sem selas e de volta ao cercado, para deixar a pestinha sair.

O problema era que eu era louco por Riley. Cedi assim que ela pediu para ver a tia. Assistir a esse reencontro foi meio especial. Não entendi bem a sensação estranha no meu peito quando vi o sorriso gigante no rosto de Emmy ao abraçar Riley.

Tanto faz, devia ser a ressaca.

Olhei para Emmy de novo. Os sentimentos de ontem à noite ainda estava ali.

Ainda a achava linda.

Ainda imaginava como ficaria enrolada no meu lençol.

Ainda estava irritado por ela ter ido embora com Wyatt. Ainda desejava que, em vez disso, ela tivesse saído comigo.

Torcia para que ela não conseguisse ver tudo isso estampado no meu rosto.

Merda, que território perigoso.

Emmy Ryder tinha conseguido mexer comigo de um jeito sem precedente.

Como é que eu resolveria isso?

Seis

LUKE

Depois da última turma do dia, fui ao Casarão. Era uma tarde gostosa de verão. Do tipo que trazia uma brisa suave para o rancho.

O Rancho Rebel Blue era o melhor lugar nessa terra verde, e eu nunca me cansava do caminho pela beira do córrego, entre árvores centenárias, subindo até o Casarão. Ficava um pouquinho acima do resto, vigiando tudo e todos — igual Amos Ryder.

Em geral, ir e voltar da caminhonete era a minha parte favorita do dia, mas não hoje. Porque avistei a única coisa na minha vida que tinha mais beleza do que Rebel Blue — Emmy.

Qual era o meu problema?

Emmy sempre foi bonita, mas não passava da irmã caçula do meu melhor amigo. Eu nunca tinha visto nela a confiança da mulher no meu bar ontem à noite. Nunca tinha se sentido tão segura perto de ninguém, muito menos de um homem. Eu odiava que Wyatt tivesse sido o centro da sua atenção, mas realmente gostei de ver Emmy assim.

Amos dizia que Emmy não se valorizava; na minha opinião, agora ela se dava o devido valor.

Era quase como se Meadowlark a mantivesse presa e, ao partir, ela ultrapassou todas as barreiras.

Então por que estava de volta?

A pergunta ficou na minha mente quando peguei a curva para a pequena cabana. A caminhonete de Emmy — uma GMC Syclone de 1991 azul-bebê — estava na frente. Lembrei de quando ela comprou esse carro. Seu pai tinha dado para Gus e Wes o primeiro carro deles, mas não para Emmy. Ela tinha recusado. De graça, quem diria não?

Ela trabalhou no rancho e virou garçonete na lanchonete local para juntar dinheiro. E se apaixonou de cara por aquela caminhonete feia. Gostei de saber que ainda dirigia o mesmo veículo, mas fiquei surpreso por continuar funcionando.

A porta da cabana estava aberta, e tocava uma música do Cheap Trick. Eu me aproximei quando Emmy saiu. Em vez de calça jeans, vestia um short esportivo preto apertado. *Porra.* Um quilômetro de pernas bronzeadas.

Ela foi pegar uma caixa na carroceria. Devia estar pesada. Gus me mataria se soubesse como eu estava olhando para sua irmã, mas também me mataria se eu não oferecesse ajuda.

De qualquer forma, eu seria morto, então era melhor acabar com esse lance.

— Emmy, deixa comigo — falei enquanto corria.

Ela nem me olhou.

— Não preciso de ajuda de um homem fortão pra carregar uma caixa.

Ela soprou uma mecha de cabelo do rosto.

— Você me acha forte?

— Cala a boca, Brooks. — *Ahá.* Próximo da caminhonete, havia um monte de pacotes. Ela não teria trazido tudo isso se fosse ficar só uma ou duas semanas.

— Você... — Não sabia direito como formular a pergunta — ... vai se mudar pra cá?

Emmy parou de lutar contra a caixa, deixando-a no banco. E ficou estranha. Respirou fundo e olhou para o céu. Depois fechou os olhos.

— Sim — respondeu de olhos fechados. — Eu vou.

— E as competições? — Fiquei tão curioso quanto preocupado. Ela se fechou. Era como se eu pudesse ver as barreiras que ela criava.

— O que é que tem?

— Você não vai mais competir?

Seria a única explicação. Em Meadowlark, ela não competiria como havia feito na última década.

Emmy suspirou de novo. Como se estivesse carregando um peso tão árduo que não restava escolha a não ser soltar forte o ar.

Era bem familiarizado com esse hábito.

— Não sei.

Ela ainda estava com os olhos fechados e o rosto para o céu.

— Tá bom... — Eu não sabia como responder. *Não é da sua conta, Luke.*

O silêncio se estendeu por alguns segundos.

— Vou te ajudar a descarregar. Quanto mais gente, menos trabalho. — Tentei soar prático, não que eu quisesse passar mais tempo com ela. Emmy me encarou e assentiu. — Primeiro a caixa pesada. — Peguei a que havia começado a conversa.

Caramba. Estava pesada demais. Pensei em Emmy empacotando a vida em Denver. Sozinha ou alguém a havia ajudado? Talvez um namorado? Apertei os dedos no papelão.

Ainda que eu conhecesse Emmy, eu não *conhecia* Emmy ou não sabia da sua vida hoje em dia.

Mas bem que eu gostaria.

Emmy pegou uma caixa menor e me guiou até a cabana.

Nada havia mudado desde a última vez. Gus, Wes e eu passávamos tempo aqui, geralmente tomando cerveja e fumando maconha. Era longe o bastante do Casarão para Amos não nos flagrar, mas perto o suficiente para não ficar tropeçando pelo rancho.

Tenho quase certeza de que Gus perdeu a virgindade nesta cabana. Melhor guardar isso para mim.

Emmy se curvou no chão perto da cama, e foi impossível não notar sua bunda em forma de coração na porra do shortinho.

Eu ia direto para o inferno.

— Pode deixar em qualquer lugar — declarou Emmy, sem saber que eu estava secando a bunda dela meio segundo atrás.

— O que tem aqui? — Pus a caixa perto da porta. — Pedras?

Emmy deixou escapar um sorrisinho, era como se eu tivesse ganhado na loteria.

O que estava acontecendo comigo?

— Quase. Livros. Já leu algum?

— Engraçadinha.

— Desculpa, sei que não saber ler é um assunto delicado pra você.

Seu sorriso estava crescendo. Se implicar comigo a deixava contente, não havia escolha a não ser permitir que ela fizesse isso à vontade.

— As escolas públicas de Wyoming fracassaram comigo e com muitos outros alunos.

— Você não pode culpar a escola se nunca frequentou uma de verdade.

— Eu ia pra escola — protestei, mesmo que fosse só pra matar aula.

— Jogar futebol e beber no estacionamento não vale.

Minha nossa, esse sorriso. *Toma essa, Kenny*, pensei ao lembrar como Emmy tinha sorrido para ele. *Olha pra quem ela tá sorrindo agora, idiota.*

— Poxa. Agora você me pegou.

Ela não estava errada. Mas eu realmente me formei.

— Falando nisso, valeu por ter me dedurado. — Pela voz suave, não devia estar com muita raiva. Eu me senti mal de todo modo.

Eu sabia como ela ficava brava, e não era assim. Emmy estava calma. Relaxada.

Que bom que ficava tranquila comigo.

— Mas podia ter deixado o Kenny de fora. A parte de voltar pra casa sem ninguém saber já foi o bastante pra aparecer a famosa veia na testa do Gus.

Foda-se o Kenny.

— Você... — Não estava sabendo como formular as perguntas de forma apropriada. Emmy me deixava nervoso — ... se divertiu depois?

Sutil.

Emmy deu risada.

— Não acredito que o Gus tá tentando te usar pra me interrogar. — *Claro, Gus que queria saber.* — O Kenny deu uma carona pra mim e pra Teddy até a casa dela, porque a gente estava bêbada, não sei se você percebeu.

Só uma carona? Ela não saiu com Kenny? Nada aconteceu?

Que alívio. Eu disse a mim mesmo que era porque não queria ver a caçula do meu melhor amigo se magoar de novo, o que era verdade. Só não totalmente.

— Sua performance empolgadíssima de *Islands in the Stream* talvez tenha te entregado.

Passou pela minha mente a lembrança de Teddy se livrando do cantor da banda e puxando Emmy para o palco.

Mas estava um pouco embaralhada, graças à bebedeira.

— Meu Deus. — Emmy esfregou o rosto. — Eu tinha apagado isso até agora.

— Você se saiu bem, de verdade. Faz umas aulas de canto que dou um repertório pra você e pra Teddy.

Emmy ia pegar mais coisas na caminhonete, então a segui.

— E aí, é verdade? — ela gritou.

— O quê?

— Você é dono do Bota do Diabo.

— Pois é.

— Como isso aconteceu?

Era impossível falar de como Bota do Diabo havia caído no meu colo sem mencionar Jimmy. Fiquei quieto, me preparando para a familiar dor no peito toda vez que surgia o assunto.

— Lembra do Jimmy pinguço?

— Seu pai? Sim, lembro do Jimmy.

Emmy estava confusa, com razão.

— Acontece que ele era o dono esse tempo todo. Deixou pra mim quando morreu. — Eu detestava falar do meu pai. Não que ele fosse um cara ruim, mas era um pai de merda. Porém, o que eu sentia por Jimmy não era mais uma ferida aberta. Já havia cicatrizado. Apenas persistia uma dor sob a superfície.

Apesar da passagem do tempo, nunca superei o fato de que meu pai me abandonou.

Ele viveu nessa cidade a minha vida toda, e eu o via cerca de uma vez por ano até que virei adolescente e arranjei uma identidade falsa para ir ao Bota do Diabo. A partir daí, encontrava Jimmy no lugar de sempre. Às vezes, ele falava comigo, às vezes, não.

Nem sei por que herdei o bar e tudo o mais.

— Sinceramente, não achava que existisse um dono legítimo — respondeu Emmy ao pegar uma caixa. Eu estava bem atrás dela. — Quer dizer, tinha que ser de alguém, mas imaginei que, tipo, a posse tivesse transcendido.

— Para ser honesto, a contabilidade fez parecer que não havia dono quando assumi. Foi um desastre.

Jimmy levou o bar ao fundo do poço. Diante dos danos, ainda que eu odiasse admitir, achei meio reconfortante saber que eu não fui a única coisa que meu pai não tinha cuidado.

Emmy e eu pusemos tudo no chão da cabana. Estava ficando lotada.

— Acho que nunca te disse — declarou Emmy —, mas lamento que ele tenha morrido. Ficar de luto por alguém que a gente nunca conheceu de verdade é difícil e confuso.

Aquela sensação estranha surgiu no meu peito de novo. As palavras de Emmy eram francas. Sua mãe tinha morrido antes de ela fazer um ano. Acidente de cavalo.

— Obrigado, Emmy. — Fui verdadeiro. — O Jimmy me deixou os únicos bens que importavam, e isso tem seu valor.

Eu nunca falava assim do meu pai. Não entendi por que falei agora.

Talvez por querer que Emmy me conhecesse. E queria conhecê-la também.

Continuamos indo e voltando da caminhonete até que Cheap Trick virou Bruce Springsteen e logo todos os pertences de Emmy estavam na cabana. Depois da conversa, trabalhamos num silêncio confortável, exceto quando ela dizia onde pôr algo ou quando cantava de forma distraída.

— Acho que é isso — declarou quando eu trouxe a última caixa; pelo peso, mais livros. O que essa mulher estava lendo? Deixei perto do resto. — Obrigada por me ajudar.

— Disponha. — Fui sincero. Desde ontem, eu faria qualquer coisa, em qualquer lugar, a qualquer hora, por Emmy Ryder. — Precisa de mais alguma ajuda antes que eu vá embora?

Era mais fácil ter ajoelhado e implorado para ficar mais um pouco. Jesus Cristo, o que estava acontecendo comigo?

Ela tentou desviar de um obstáculo. Antes de responder, seu pé ficou preso numa quina, e ela caiu feio. Tentei pegá-la por instinto, mas não consegui antes que chegasse ao chão.

Malditas caixas.

— Emmy! — Dei a volta o mais rápido possível e me abaixei. Tinha sangue no seu braço. *Merda.* — Emmy, você tá bem?

Fui pego de surpresa pelo pânico na minha voz.

— Sim, tô bem. Estiquei o braço e bati numa caixa. Tá tudo bem.

— Deixa eu dar uma olhada, por favor.

— Tá tudo bem — resmungou. *Teimosa.* Ela sempre foi cabeça-dura.

— Emmy, você tá sangrando em cima de todos os seus sapatos.

Ela olhou o machucado. Acho que não tinha percebido. Ficou atordoada.

— Droga.

— Vem cá. — Pus a mão na sua cintura e a outra no cotovelo livre para ajudá-la a se levantar. — Tem um kit de primeiros socorros debaixo da pia. Gus e eu abastecemos tudo alguns meses atrás.

— Jesus, odeio sangue.

— Então não olha, Clementine.

— Uau. Ótimo conselho, Luke. Você devia ser médico. Valeu.

Luke. Ela estava machucada *e* sendo irônica, mas gostei do jeito que o meu nome soou nos seus lábios.

— Tô falando sério, não olha. Senta aqui.

Havia uma mesinha de jantar com duas cadeiras perto da janela dos fundos. Eu a guiei para que sentasse lá e peguei o kit de primeiros socorros.

— Não suporto sangue, Brooks. Sério.

Sua voz saiu abafada. Olhei para ela. Parecia sincera também. Os olhos dela estavam da cor do sangue.

— Ei. — Tentei soar gentil. — Emmy, olha pra mim.

Ela se manteve focada no ferimento, quase sem expressão. Talvez prestes a desmaiar. Eu não me lembrava de Emmy ter aversão a sangue. Cortes não eram incomuns num rancho. Além disso, eu já tinha aparecido nos Ryder completamente acabado depois de várias brigas, então teria presenciado essa reação dela.

Levantei o seu rosto com as mãos. O que a forçou a desviar do braço.

— Olha pra mim.

Os olhos verdes de Emmy encontraram com os meus. Ela estava ouvindo, quem diria?

— Fica comigo, tá bom? Vou cuidar de você, Emmy.

Ela não respondeu, mas acenou de leve com a cabeça. Mantive as mãos no seu rosto por tempo demais, aproveitando a sensação de proximidade.

Meu Deus. Você é patético, pensei. *Ela tá literalmente sangrando, babaca.*

Recolhi as mãos e me concentrei na ferida. Pus a mão dela no meu bíceps para ver melhor o que eu estava fazendo.

Depois de limpar o corte, fiquei aliviado por não ter sido profundo. Era apenas do tipo que sangrava desgraçadamente até que fosse estancado.

Peguei o álcool no kit de primeiros socorros.

— Vai arder — avisei enquanto passava o algodão ensopado. Ela respirou fundo e apertou meu bíceps. Com força.

— Merda. Dói mesmo.

— Tá quase acabando. — Sequei a pele com gaze e pus o maior curativo. — Pronto.

Contra meus princípios, deixei meus braços em cada lado das pernas dela. Olhei para Emmy. Não parecia mais que ia desmaiar — estávamos fora de perigo.

Emmy me encarava. Por impulso, repousei as mãos na pele nua das suas coxas, embaixo da bainha do short apertado. Eu a vi engolir em seco. O movimento da garganta me fez querer agarrá-la e encostar seus lábios nos meus.

Tentei lembrar da última vez que tinha sentido essa atração. Talvez nunca tivesse acontecido.

— Obrigada.

Ela estava sem fôlego? Ou eu estava viajando?

Deslizei as mãos para cima e acariciei suas pernas. Eu disse a mim mesmo que era apenas para confortá-la. Sua respiração oscilou, mas ela não me deteve.

Emmy olhou a minha boca de relance.

Porra. Eu queria beijá-la.

E, pelo jeito, acho que era recíproco. Conhecia esse tipo de sinal de uma mulher, mas, caramba, essa não era uma mulher qualquer.

Era Emmy.

Ninguém disse nada — só ficamos no lugar.

Olhei para seus lábios.

Um beijo não faria mal, certo? Nós dois erámos adultos.

Eu ia arriscar. Dar um beijo na irmã caçula do meu melhor ami...

— Emmy! — A voz de Wes quebrou o transe. — Trouxe a roupa de cama.

A gente se levantou rápido enquanto ele entrava pela porta da frente.

— Ah, oi, Brooks. — Fiquei imaginando por que a sua caminhonete ainda estava no Casarão.

— E aí, cara? — Tentei manter a calma, sem entregar que estava prestes a avançar na sua irmã.

— Ele só estava me ajudando com as caixas — Emmy explicou rápido.

Ela soou como uma criança que tinha acabado de ser pega roubando biscoito.

Wes ergueu a sobrancelha para ela e depois para mim.

— Que legal da parte dele.

Isso foi estranho.

Emmy e eu estávamos estranhos.

Tínhamos que parar.

Nada aconteceu.

Mas teria acontecido.

— Pois é — respondi. — Vi a caminhonete quando estava voltando do estábulo. Pensei em dar uma mão.

Wes me encarou antes de se dirigir a Emmy.

— O jantar fica pronto em meia hora. A Riley quis frango ao molho barbecue. Brooks, você vem hoje?

— Valeu, mas tenho que ir pro bar. Devem estar perguntando onde me enfiei.

Era verdade. O sol estava se pondo, o que significava que as pessoas chegariam no Bota do Diabo a qualquer minuto, mas Joe dava conta.

— Tem certeza? — Emmy perguntou. Ela... queria que

eu ficasse para o jantar? Bom, havia uma primeira vez para tudo.

— Tenho, sim. Bem-vinda de volta, Emmy. Wes, volto amanhã pro jogo.

Eu sempre via futebol aos domingos nos Ryder.

Caminhei até a porta e os dois acenaram. Retribuí, torcendo para não parecer tão retraído quanto me sentia.

Praticamente corri para o carro. Não era possível que quase tivesse beijado Emmy. Não fosse por Wes, teria rolado.

Se ele não tivesse gritado, teria me pegado beijando sua irmãzinha, e eu estaria morto. Apoiei a cabeça no volante.

Isso não poderia acontecer de novo.

Sete

EMMY

Havia passado quase uma semana desde que me mudei para a pequena cabana e do que aconteceu com Brooks na primeira noite, seja lá o que tenha sido isso.

Tentei não pensar a respeito, mas toda vez que a mente divaga, volto para a lembrança do braço dele na minha mão, a sensação das mãos dele nas minhas coxas e o modo como ele me olhava, como se quisesse me devorar.

Brooks sempre foi pegador. Em menos de um minuto se entendia por quê.

Ele era avassalador.

Não acredito que Luke Brooks — o homem em Meadowlark que provavelmente tinha dormido com mais da metade das mulheres da mesma faixa etária — só não me beijou por um triz. Graças a Deus Wes apareceu naquela hora, ou é provável que tivesse rolado.

Ufa.

Eu tinha visto sua caminhonete algumas vezes no rancho desde então, mas nunca ele em si. Na maior parte do tempo, eu ficava na cabana, onde estava quase terminando de desempacotar as roupas. Wes não se importava que eu ficasse confinada contanto que aparecesse para jantar no Casarão, mas Gus não ia gostar disso quando voltasse para a cidade.

Eu deveria estar aliviada por não cruzar com Brooks. Eu nem gostava dele.

Então por que fiquei decepcionada?

Sai dessa, Emmy. Lembra como você terminou com seu namorado através de um bilhete no fim de semana passado? Não precisa sair beijando ninguém.

Ainda mais Luke Brooks.

Pensar no meu ex me pegou de supressa. Stockton e eu não namoramos muito tempo — apenas por alguns meses. De início, gostei dele por ser diferente de todos os homens que se interessavam por mim. Veio da cidade grande, trabalhava com tecnologia e não era um caubói.

Nunca nem tinha montado a cavalo.

Ele era legal, só que começou a fazer coisas que eu não gostava por volta do último mês e meio. Ele ficava me monitorando e fechava a cara sempre que Teddy me ligava, então eu não atendia mais o celular. Algumas semanas atrás, tínhamos ido a um restaurante e ele tentou fazer o pedido por mim.

Não só isso, ele ia pedir um bife.

Eu nem como carne vermelha.

Ao que ele respondeu: "Só experimenta".

Eu não precisava "experimentar". Literalmente cresci numa fazenda de gado. Mas não estávamos num ponto do relacionamento em que eu podia conversar sobre minhas questões sensoriais — sobretudo se a resposta fosse "só experimenta".

Sendo sincera, eu teria terminado de qualquer forma.

A lesão e a perda de controle só aceleraram o processo.

Alguém bateu na porta da cabana. Antes que eu atendesse, Teddy entrou como um furacão.

— Oi, meu bem! — Ela estava com sacolas de compra. — Trouxe presentes!

— Por quê? — Não foi minha intenção soar irritada.

— Você não tem respondido as mensagens, então vim checar se não voltou ao ritual de *Doce lar*. — Revirei os olhos. — Se fosse o caso: presentes.

Ela estendeu as sacolas.

Teddy amava tanto comprar quanto ganhar presentes.

— Te amo, sabe? — declarei.

— Claro. E eu te amo, por isso não vou comentar sobre a grosseria.

— Desculpa.

Fui sincera.

— Desculpada. Quer ver o que tem aqui?

— Claro.

Teddy deu um gritinho empolgado e bateu palmas. Ela andou até o cenário do incidente com Brooks, também conhecido como mesa de jantar, e eu a segui.

— Primeiro. — Teddy pegou a maior sacola. — Roupa de cama nova! A sua falta de educação deve ser porque não anda dormindo bem. O Wes arranjou um conjunto medíocre do rancho, né? — Fato. — Essa coisa pinica, e sabemos como você se sente com essas texturas.

A roupa de cama cor de creme era muito, muito macia. De vez em quando, eu esquecia como Teddy me conhecia bem, mas o nó na minha garganta foi um bom lembrete.

— Te amo, Ted. Obrigada.

— A gente tá só começando. Também tem um minibule de café da sua marca favorita, chips de picles e essas leggings novas que você vai amar. É literalmente como andar por aí pelada.

Teddy e eu não morávamos juntas desde a faculdade. Mesmo que nunca esquecesse como era ser amada por ela, acho que de fato esqueci como era estar perto.

— Não precisava fazer tudo isso.

— Blá, blá, blá. — Teddy era ótima em pôr a gente para cima, ainda que não tão boa em receber elogios. — Tô feliz por você estar aqui, mesmo quando some, e eu só queria que soubesse que tô aqui pra *você*, Em. Para o que precisar.

Teddy era minha melhor amiga.

Eu podia contar qualquer coisa para ela. E essa é a principal razão de ter uma melhor amiga. Além disso, eu precisava desabafar ou ia explodir.

— Eu quase beijei Luke Brooks.

Teddy ficou completamente em choque. Eu nem sabia que ela era capaz disso.

— O QUÊ? — Os olhos de Teddy quase saltaram para fora. — Desembucha agora.

Merda.

— É difícil explicar, mas teve um machucado e bastante adrenalina e os bíceps dele eram tão... sabe, e o rosto dele não é ruim também e...

Teddy me cortou.

— Onde isso aconteceu?

— Bem aí.

— Caralho. — Teddy se apoiou na cadeira e manteve os olhos em mim. — Então você quis... — Ela parou por um segundo — ... dar um beijo nele?

Engoli em seco.

— Na hora... meio que sim.

— E agora? Tipo, agora que o momento passou?

— Claro que não. — Menti. Eu era uma tremenda mentirosa.

— Tá bom. Beleza. — Teddy balançou a cabeça, incrédula.

Pela primeira vez na vida, acho que Teddy ficou sem palavras.

— Quer dizer, você não tem culpa. Ele tem vibe de caubói bad boy, e você acabou de terminar o namoro, então faz sentido.

— Faz?

— Não, mas vamos fingir que sim. Pra você se sentir melhor. — Ai. Cobri o rosto com as mãos. — Então, você gosta... gosta dele?

— Não! — respondi rápido demais.

Teddy me olhou como se não acreditasse.

Nem eu acreditava em mim.

Bateram na porta de novo — bem, no batente da porta, já que Teddy tinha deixado aberta.

— Emmy, quantas vezes vou ter que dizer pra não deixar essa porta aberta? — Gus entrou na cabana, que era pequena demais para três pessoas, principalmente quando duas eram Teddy Andersen e August Ryder.

— Desculpe, Guszinho — gritou Teddy. — Fui eu.

Ele parou de andar na hora enquanto fuzilou Teddy com os olhos.

Se Gus fosse alguns anos mais novo — e sorrisse mais —, nós poderíamos ser gêmeos. Mas meu olhar não era tão poderoso.

Gus estava ostentando uma barba bem aparada que realmente o fazia parecer uma versão mais jovem do nosso pai. Isso era novidade.

— Theodora, achei que tinha te banido de Rebel Blue.

Ele estava claramente muito irritado.

— E eu achei que tinha dito que se me chamasse assim eu ia enfiar uma estaca na sua garganta — rebateu Teddy numa voz enjoativamente doce. — Essa é a última coisa de que você precisa já que tem andado com uma cara horrível.

Por fim, Teddy deu várias piscadas. Bem condescendente.

— Se eu puser um cabresto em você, vai calar a boca? — rebateu Gus.

— Ah, é? Ooooh, August Ryder tem um fetiche.

— Tá bom — interrompi. — Não são nem dez da manhã, que tal a gente maneirar na competição de insultos?

Teddy e Gus lembraram que eu estava aqui. Se deixasse, aquilo ia durar o dia todo.

— Sim, não quero fazer Gus parecer um fracasso a essa hora. — Teddy jogou o cabelo ruivo para trás. — Só vim dar uma olhada no Maverick. — Maverick era do pai de Teddy, mas ele não conseguia cavalgar mais, então Teddy cuidava do animal. — Te ligo depois, Emmy.

— Tchau, Ted. Te amo.

— Te amo mais. — A caminho da saída, Teddy parou na frente de Gus. — O que é isso? — Ela apontou para a camisa dele e, como um idiota, ele olhou para baixo. Ela deu um peteleco no seu nariz.

Gus rosnou. Literalmente.

Ouvi a risada de Teddy até fechar a porta da caminhonete.

— Eu não suporto mesmo essa garota.

— Bom, é recíproco. — Eu o encarei brevemente antes de correr e dar um abraço forte. — Bem-vindo de volta, irmão.

Gus me apertou.

— Você também, maninha.

Ele bagunçou meu cabelo. Gus se fazia de durão; mesmo que nunca fosse admitir, no fundo era fofo. Se eu insinuasse isso, ele revelaria o lado babaca apenas para provar o contrário.

— Como foi em Idaho? Achei que vocês iam chegar mais tarde.

Eu estava feliz mesmo por vê-lo. Mas queria mais tempo de preparação mental antes de encontrar com ele e meu pai.

— A gente adiantou o voo. Papai tá superansioso pra te ver.

Então eu poderia abraçar meu pai antes do previsto, e estava realmente precisando disso. Não havia nada que um abraço e uma refeição de Amos Ryder não consertassem.

— Cadê ele?

— Em casa preparando o café da manhã mais atrasado do mundo pra gente. Ele mandou te chamar.

Assenti, e saímos para o Casarão. Para o bem de Gus, me certifiquei de trancar bem a porta.

Na caminhada até a casa, ele me contou da conferência em Idaho. Aparentemente, Gus tinha muitas informações sobre hotéis-fazenda e abrigos de cavalos. Falava como se tivesse os dois projetos em vista. Havia espaço em Rebel Blue para ambos.

Wes ia ficar animado com a possível mudança de ideia sobre o hotel-fazenda.

— Riley tá aqui? — perguntei.

— Não, ela tá com a Cam. Vou buscá-la amanhã.

— Assisti o fim da aula no sábado. Ela é talentosa. — Lembrei de como minha sobrinha ficava corajosa e confiante na garupa de Cheerio. Eu também era assim cavalgando.

Pensar nisso deu um aperto no meu peito. Eu me perguntei se cavalgar ficou no passado, mas a resposta de Gus me trouxe à realidade antes que eu me perdesse em pensamentos.

— Sim, ela é ótima. Brooks também é um bom professor.

Claro que Gus falaria de Brooks. A menção ao instrutor era esperada, mas ainda me incomodou.

Luke Brooks já estava ocupando bastante espaço na minha cabeça. Eu preferia que não fosse assunto das minhas conversas.

— Ainda não consigo ligar o Brooks, o instrutor de equitação, ao Brooks, famoso por outro tipo de cavalgada — respondi, quase sem pensar.

Gus me encarou como se eu tivesse duas cabeças.

Ele era a segunda pessoa a me olhar desse jeito naquele dia, também por causa de Luke Brooks.

— Que nojo, Emmy. Não quero ouvir essas coisas saindo da boca da minha irmã.

— Achei que a gente estivesse nesse nível de intimidade, já que semana passada você perguntou em qual *cama* eu estava.

— Justo. — Gus mudou de assunto. — Wes contou que você anda meio triste na cabana. — Não foi uma pergunta.

— Por que todo mundo sempre acha que eu tô meio triste?

— Você fica assim direto, Emmy. É o seu jeito.

Bufei.

— Olha quem fala. — Mas me irritou ele ter razão ao perceber a verdade. Eu sempre ficava amuada. Era mais fácil me refugiar no meu mundinho do que qualquer alternativa. Um caminho mais fácil, pelo menos por um tempo. — Mas, sim, tenho passado bastante tempo na cabana. Só me acomodando. É uma grande mudança.

— Então vai se mudar mesmo? Não é só uma "pausa"?

— Tecnicamente ainda é uma pausa — insisti. — Pois é. Acho que vai ser assim. Pelo menos por enquanto.

Eu já tinha decidido quando a gente conversou ao telefone, mas ele não precisava dessa informação.

— Sabe que vou te botar pra trabalhar, né?

Suspirei. Óbvio que sim.

— Sei.

— Falta um funcionário no rancho, então você e o Brooks podem assumir até a gente achar alguém. Tá bom?

Eu não gostava do fato de que Brooks e eu seríamos um par, mas assenti. Se eu concordasse em trabalhar, Gus ficaria feliz.

— Beleza. Tô feliz por você estar em casa.

Previsível. Trabalho sempre vinha em primeiro lugar na mente de Gus. A única coisa que superava o rancho era Riley.

Chegamos ao Casarão, e Gus abriu a porta da frente. E, pela segunda vez desde que voltei para cá, bati num peito duro de homem.

A sorte de conseguir evitar Brooks tinha acabado.

Eu o encarei. O rosto estava quase inexpressivo ao me segurar, assim como tinha feito na primeira colisão. Não importava sua cara, eu podia me afogar naqueles olhos castanho-escuros.

Que pesadelo.

— Oi, Emmy — disse ele. Frio. Indiferente.

Irritante.

Eu sinceramente preferia o tom arrogante. Essa postura dava raiva, porque ele tinha estado nos meus pensamentos por dias. Que merda ele ser tão bonito. Isso devia ser proibido.

— Oi.

Eu também ia ser fria.

— Batatinha? É você?

Ouvi a voz rouca do meu pai vindo da cozinha — a única coisa que podia me tirar do duelo com Brooks. Corri para me jogar nele, dando o maior abraço.

Seus braços me envolveram e ele me levantou. Estar na casa dos sessenta era apenas um detalhe. Amos Ryder era uma muralha.

Talvez por causa da ioga.

Tinha a pele enrugada e olhos verde-escuros. A camisa de flanela de sempre estava com as mangas arregaçadas.

Havia uma andorinha tatuada em cada antebraço. Depois de uma vida sob o sol, elas tinham desbotado. Eu amava essas tatuagens.

Mesmo que eu estivesse em casa na última semana, essa não era a sensação sem meu pai. Mas agora sim. Ele deu uma risada com o rosto no meu cabelo. Senti seu carinho e a barba raspando.

— Também estava com saudade, Batatinha.

Apertei os braços ao redor dele antes de soltar.

Ele me pôs no chão.

Olhei meu pai. Parecia mais velho do que a última vez que o havia visto — com pés de galinha e o cabelo mais grisalho. Quase tinha deixado de ser ruivo.

— Maple chegou bem? — perguntou.

— Sim, ela tá na baia ao lado da Moonshine.

Maple tinha chegado à Rebel Blue havia uns dias. Demorou mais do que o previsto, mas deu certo.

Eu cavalgava Maple desde o começo da minha carreira profissional. Antes dela, tive Moonshine. Cheguei a experimentar outros cavalos enquanto esperava Maple ficar pronta, mas nenhum combinou comigo. A maioria ainda estava no rancho, como Scout, cavalo de Gus.

Nem todos nasceram para competir, mas Maple — uma égua impressionante —, sim. Nas competições, era perceptível que ela sentia o mesmo que eu.

No caso, o que eu *costumava* sentir.

— Com certeza estão felizes — comentou meu pai.

Verdade. Moonshine foi feita para ser mãe, e ela amava Maple como se fosse seu filhote.

Sendo sincera, vê-las no pasto quase me fez querer cavalgar.

Quase.

— É mesmo. Tô deixando pastarem juntas.

— Logo vamos ter que levá-las pra uma trilha. A Moonshine prefere cavalgar com a Maple a cavalgar com o Cobalt.

Esse era o cavalo do meu pai. Um paint horse preto e branco; de longe o mais bonito do rancho. Cobalt e Moonshine tinham uma relação de amor e ódio. Ambos achavam que eram o alfa de Rebel Blue.

Não consegui responder meu pai. Trilha era nossa atividade favorita juntos — pelo menos, costumava ser assim, então apenas assenti.

A porta da frente abriu de novo. Wes vestia o uniforme de trabalho. Em geral, já seria o horário de almoço, já que eles acordavam com as galinhas.

— Weston, chegou na hora. A comida tá pronta.

Eu me sentei no lugar de sempre. Quase esqueci que Brooks estava bem em frente.

Ótimo.

Oito

LUKE

Eu estava começando a achar que Emmy tinha sido enviada ao mundo com o intuito de me torturar. Depois do café da manhã no Casarão ontem, tive certeza.

Não escutei um pio de Gus e de Amos sobre a conferência, e não me importei nem um pouco por ter concordado em ajudar Gus com um monte de trabalho extra.

Apenas tentei não olhar para Emmy e não pensar no toque da sua pele.

Ela também resolveu me ignorar completamente, o que me irritou.

Ainda assim, também dei um gelo.

No máximo, espiava enquanto ela não estava olhando. Seu cabelo estava bagunçado, como sempre.

Eu queria ser a pessoa que a deixava assim.

Pensei nisso enquanto limpava as baias, uma das novas tarefas.

Havia três estábulos na propriedade dos Ryder, mas hoje em dia só dois eram usados. Este, com os cavalos da família e o das aulas, com os pôneis — mais ou menos quinze no total. Caso viessem a cavalo, os funcionários do rancho os deixavam mais à frente no outro estábulo. Esse era o maior, com espaços alugados. Eu estava grato por não limpar as baias de lá.

Comecei com a de Friday, meu cavalo — um Palomino que havia sido resgatado quando eu tinha dezessete anos. Na primeira vez que o vi, estava tocando "Friday, I'm in Love" do The Cure na caminhonete. E assim ficou o nome dele.

Friday ficava próximo de Moonshine e de Maple, as éguas de Emmy. Embora ela estivesse aqui há quase uma semana, não a vi nenhuma vez no estábulo. Eu sabia que ela precisava levar as duas para pastar, mas os apetrechos de arreio permaneciam intactos.

Então não estava cavalgando.

Não era do seu feitio. Nem um pouco.

Amos normalmente tinha que insistir para Emmy sair do cavalo. Nunca houve problema para que ela subisse em um. Amos era um baita encantador de cavalos, mas Emmy estava perto de superá-lo.

Lembrei da queda na cabana, de como ela olhava o sangue. Imaginei se tinha algo a ver com o retorno inesperado para a casa.

Óbvio que Amos ficou muito feliz com a presença da filha. Não importava o motivo. O mesmo valia para Wes. Mas percebi que Gus estava preocupado.

E eu também. Não que tivesse esse direito.

Ouvi a porta do estábulo abrir, e Emmy entrou. Bem quando eu estava pensando nela. Quem mandou ficar desejando a irmã caçula do meu melhor amigo?

Ela estava usando botas, calça legging preta e uma regata branca. Embaixo de um boné surrado, uma trança caía pelas costas. Por que era sempre tão bonita? A caminho da baia de Maple, ela parou quando me viu.

— Oi — soltei.

— Oi. Nas baias hoje?

— Eu tô. Se estiver atrás do Friday e da Moonshine, eles estão pastando.

— Vim pela Maple. Não se preocupa com a baia da Moonshine. Eu limpo.

— Beleza. Veio cavalgar?

Houve uma longa pausa. Emmy parecia quase assustada. Seria medo de Maple? Medo de cavalgar?

— Sim, vim cavalgar. — Não senti firmeza na resposta. Continuei limpando o espaço de Friday, só que não consegui tirar os olhos de Emmy. Ela levou o cabresto para sua baia. Quando abriu a porta, suas mãos tremiam.

O que estava acontecendo?

Depois de prender Maple, Emmy pegou as ferramentas de limpeza na parede. Ainda dava para ver o nervosismo dela quando começou a escovar a égua.

Ela sabia melhor do que ninguém que, estando inquieta ou assustada, manejar um cavalo sozinha era uma má ideia.

Ficou de costas. Quanto mais escovava, menos as mãos tremiam, mas ainda permaneceu dura feito uma pedra.

— Emmy? — chamei baixo ao me aproximar. Ela não respondeu. Só continuou a escovação. Notei que seus ombros também estavam trêmulos. — Emmy — disse com firmeza. Silêncio. Bem atrás dela, segurei sua mão e a escova. Fora as mãos e os ombros, ela ficou completamente parada.

Peguei a escova, entrelacei nossos dedos e a afastei de Maple. Por fim, fiz com que me olhasse ao pousar as mãos nos seus ombros. Havia lágrimas nos olhos dela.

Merda.

Não queria vê-la chorando.

— Fala comigo, Emmy. O que tá acontecendo?

— Eu tô bem. — Uma lágrima escorreu pela bochecha. Limpei sem pensar.

— Claro que não tá bem. — Nunca a tinha visto assim. Eu odiei. — O que houve?

Ela ficou parada por um segundo, depois assentiu devagar. Esfreguei as mãos nos seus braços, tentando acalmá-la.

— Pode me contar, Emmy.

— Tá tudo bem.

Ela ainda chorava, apesar de irritada.

— Emmy...

— Não. Me deixa em paz.

Com certeza não faria isso, mas não a pressionei. Fiquei ao seu lado, permitindo que chorasse por mais um tempinho. Ver as lágrimas foi como um soco na garganta.

Algo deve ter ocorrido com ela. Voltou do nada sem contar a ninguém. Gus disse que ela não saía da cabana, e agora não estava cavalgando.

O que havia acontecido em Denver?

Eu ia descobrir.

— Emmy, por que você voltou pra casa?

Tentei suavizar a voz, embora seu estado estivesse me deixando estranho, o que me assustava para cacete.

— Por que você se importa?

— Porque me importo com você.

Isso sempre foi verdade, mas agora de um jeito diferente. Emmy apenas bufou. Decidi tentar outra abordagem.

— Me diga, Emmy. Você precisa desabafar. Mesmo que eu contasse pro Gus, ele vai acreditar que abriu o coração pra mim? Você não me suporta. — Tentei não soar frustrado na última parte. — Pode me contar, Emmy.

Emmy inspirou fundo antes de falar:

— Eu me machuquei. Fui arremessada. — Sua voz estava embargada, e mais lágrimas caíram. — Fui arremessada contra a cerca... — Ela falou mais rápido. Era como se as palavras fossem um extintor de incêndio. — Acordei do desmaio com os olhos com sangue. Bati bem a cabeça e não sei o que aconteceu. Eu estava num cavalo diferente. Só treinando... caí longe e bati feio na cerca. Não consigo entender como não foi pior ainda... — Sua respiração estava acelerando.

De forma perigosa.

— Lamento muito que isso tenha acontecido, Emmy. De verdade. — Sabe o soco na garganta mais cedo? Foi bem mais forte agora. Claro que ela não estava cavalgando. Passar por merdas assim mexe com qualquer um. Nem imaginava o quanto era pior para Emmy, pelo fato de ter perdido a mãe da forma como foi.

Mesmo que ela não tenha ligado os dois eventos, aposto que fez isso inconscientemente, caso ela reconhecesse ou não.

— Acordei e tentei subir de volta. Tentei de verdade... mas não consegui. Não consegui, e não consigo desde então. — A respiração de Emmy não desacelerou. — Não sei o que fazer. Não sei o que fazer. Não sei o que fazer.

— Emmy, ei, tá tudo bem. Tá tudo bem.

Continuei fazendo carinho nos seus braços. O corpo todo tremia, e ela levou as mãos ao pescoço e começou a arranhá-lo como se tentasse escapar da própria pele.

— Emmy. Me diga o que precisa. O que preciso fazer?

— Eu preciso... — disse entre os suspiros. — Você pode...?

— Qualquer coisa, gatinha.

— Aperta. Por favor. — Ela fechou os olhos e envolveu os braços como se estivesse se abraçando. Entendi tudo.

Eu a puxei para os meus braços e nos abaixei até o chão. Eu a segurei forte contra o peito e balancei gentilmente para frente e para trás. Senti as lágrimas dela molhando minha camisa.

— Emmy, respira comigo, tá bom? — Inspirei e expirei alto, para que Emmy pudesse sentir e ouvir. — Você tá segura, Emmy.

Ficamos um tempo no chão do estábulo. Emmy começou a se acalmar, e afrouxei conforme ela relaxava. Continuei respirando do mesmo jeito. Com ritmo devagar.

Depois de alguns minutos, Emmy se afastou do meu pescoço. Seu rosto estava vermelho, e os olhos, úmidos.

— Desculpa. Mil desculpas.

— Emmy. Por favor, não tem problema. Isso já tinha acontecido? — Ela só assentiu. — Desde quando? Desde o acidente?

— Algumas vezes antes disso, mas com mais frequência desde então.

— Toda vez que tenta cavalgar?

— Quase toda vez.

Puta que pariu. Todo mundo sabia da principal característica de Emmy: ela amava cavalgar. Não só competir, mas cavalgar. Devia ser a única pessoa que de fato cavalgou cada trilha de Rebel Blue, além das principais. Várias vezes. Saber que ela estava nessa situação me devastou de uma forma que eu não estava esperando.

Tudo o que eu vinha sentindo por ela era novidade.

Eu queria ajudar.

— E você tem tentado cavalgar todo dia?

Ela fez que sim.

— Emmy, por que tá fazendo isso?

Seus olhos se encheram de lágrimas de novo. Merda.

— Achei que ia melhorar. Realmente acreditei nisso.

— Vai melhorar, Emmy. Dar a volta por cima não funciona se isso estiver te causando ataques de pânico.

— Não sei o que fazer, Brooks.

Testemunhar Emmy sofrer era horrível para cacete. Quis tanto pôr um fim.

Talvez eu pudesse ajudar. Eu tinha uma ideia.

— Você criou um bloqueio mental e tanto, Emmy. Você é uma ótima amazona, só precisa aprender a confiar nas próprias habilidades de novo.

— Como?

— A gente vai começar do começo.

Ela inclinou a cabeça para mim.

— A gente?

— Aham. Eu ensino as pessoas a cavalgar, Emmy — expliquei com jeitinho, tentando não quebrar o clima. Admito que faria qualquer coisa para ficar perto dela, só que era mais complexo do que isso. Eu queria que ela voltasse aos cavalos, e queria ser eu a ajudá-la a fazer isso.

Queria que ela conseguisse fazer o que amava.

— Você tá se oferecendo pra me ensinar? — Sua voz estava insegura.

— Por que não?

— A gente não é amigo, Brooks.

Nossa.

— Por que não podemos ser agora?

Eu queria ser mais do que um amigo, mas ela não precisava saber disso. Nem ninguém.

Emmy abaixou o olhar para evitar contato. Assisti seus olhos se moverem pelo chão. Um hábito quando estava pensando. Sempre foi assim.

Só falou depois de uma eternidade:

— Tá bom. Mas não pode contar nada pro Gus ou pro Wes. Não quero que saibam.

Sim, com certeza não contaria qualquer coisa que tivesse a ver comigo e Emmy.

— Fechado. Vamos começar de manhã depois do trabalho que Wes manda você fazer, seja lá o que for. Às oito?
— Tá bom.
Notei que ainda estávamos abraçados no chão do estábulo, e Maple, a égua mais boazinha do mundo, havia ficado presa no posto de amarração. Emmy percebeu isso no mesmo momento em que eu e praticamente pulou pra fora do meu colo.
Eu me levantei também.
— Obrigada. Por isso — disse ela, apontando para o chão. — Nunca ninguém esteve por perto nesses episódios. Foi... útil. Obrigada.
Sorri e talvez tenha visto ela corar.
Devia ser apenas efeito da luz.
Emmy foi desamarrar a égua.
— Eu cuido dela — falei. — Pode ir. Vou levar a Maple e limpar a baia.
— Não precisa...
— Não tem problema, Emmy. Vai.
— Obrigada, Brooks. Por tudo. Obrigada mesmo.
Ela foi à porta do estábulo.
— Ei, Emmy.
E se virou. O sol brilhava nas suas costas enquanto ela estava parada. Parecia um anjo proibido, puta que pariu.
— Oi?
— Amigos? — perguntei.
Ela pensou por um momento.
— Amigos.
Quando se tratava dessa garota, eu estava brincando com fogo, mas me jogaria feliz nas chamas.
E com um sorriso no rosto.

Nove

EMMY

As aulas de equitação com Brooks estavam indo muito bem. Ele não tinha me pedido para montar num cavalo ainda, mas consegui aprontar Maple no dia anterior sem ceder ao monstrinho do pânico dentro de mim.

Eu devia ter ficado mais constrangida por Brooks ter me visto naquele estado, só que isso não aconteceu. Toda vez que pensava naquela situação, em vez de me concentrar na própria crise de ansiedade, focava o modo como Brooks me confortou sem ser invasivo.

"O que você precisa, gatinha?", repeti essas palavras na minha mente de novo e de novo. Nunca o tinha ouvido falar desse jeito carinhoso. Na hora, suas palavras me ampararam tanto quanto seus braços.

Ele cuidou de mim como se fosse a coisa mais natural do mundo, e era isso o que pesava — não o ataque de pânico.

Nenhum de nós tinha mencionado o episódio, e acho que ninguém pretendia, mas isso não me tornava menos agradecida por não ter tido que passar pelo sofrimento sozinha.

Alguém ter ideia pelo que eu passava era estranhamente libertador. Era como se, a partir de agora, a situação toda não existisse apenas na minha cabeça — era real. A dor era real. A consequência era real.

E, se a queda era real, a guinada também podia ser.

Até o momento, as aulas de equitação de Brooks consistiam apenas em aparelhar e desaparelhar nossos cavalos. Depois, nós os levávamos ao curral de passeio e andávamos juntos. De volta ao estábulo, desaparelhávamos e deixávamos Maple e Friday sair para pastar.

Ele devia estar entediado. Como tinha paciência de aprontar os cavalos apenas para levá-los para passear e trazê-los de volta como fazem com os cachorros?

Eu sentia que ele estava perdendo tempo comigo, mas fiquei grata por ir devagar e não me pressionar a montar... ainda.

Com certeza a hora devia estar próxima.

Na nossa rotina de aparelhar e passear, Brooks e eu conversávamos. Esse cara frequentava minha casa desde quando nasci; ainda assim, aquela era a primeira vez que eu passava um tempo sozinha com ele. E conversávamos. Tipo, conversávamos *de verdade*.

E, enquanto isso, eu não pensava no acidente ou na sequela.

Estava ajudando. Provavelmente mais do que eu queria admitir.

Aprendi muito sobre Brooks durante os últimos dias. Seus filmes favoritos eram *Sociedade dos poetas mortos* e *A lenda do tesouro perdido* — dois títulos que me surpreenderam. Achei que ele era mais chegado em *Onde os fracos não têm vez*.

Sua banda favorita era Bread; o segundo lugar ficaria com Brooks & Dunn ou The Highwaymen.

Aprendi outras coisas também. Tópicos que surgiram espontaneamente e que ele provavelmente nem percebeu que estava me contando. Como seus meios-irmãos não falam mais com ele. Não via a mãe há anos por causa do padrasto,

John. Alguns anos antes, alguém no Bota do Diabo se mostrou solidário pela saúde da sua mãe, e assim descobriu que ela tinha enfrentado um câncer no esôfago.

Ela estava bem agora, mas ele ainda não a tinha visto.

Tentou algumas vezes logo depois de ela entrar em remissão, mas John não o deixava entrar na casa.

Quando era mais nova, eu sabia que a situação familiar de Brooks não era boa. Por isso ele passava o tempo todo no rancho. No entanto, ouvir o relato era diferente. Pesava mais para mim por ser adulta.

E se não era fácil apenas como ouvinte, imagine para Brooks. Era ele quem carregava o fardo.

E não merecia isso.

Que estranho passar tempo com Brooks. Convivemos por quase minha vida inteira, mas não o *conhecia* de verdade.

Até pouco tempo, a principal coisa que eu sabia sobre Brooks é que ele estava *sempre* por perto. Eu ficava com tantos ciúmes por ele fazer parte do Clube dos Garotos Ryder com meus irmãos e meu pai, e nem era um Ryder.

Queria ter compreendido na época o quanto isto significava — fazer parte da nossa família.

Haveria aula no fim da manhã. Gus estava curtindo a ajuda extra de Brooks, então aproveitei para tomar café da manhã com meu pai. Eu não o tinha visto tanto desde que cheguei, ele era um homem ocupado.

Sentados no balcão da cozinha, eu com panquecas caseiras com pedacinhos de chocolate, ele com uma vitamina verde — Wes não estava mesmo brincando sobre a parte saudável —, perguntei sobre Brooks.

— Pai?

Minha voz saiu baixa, quase tímida.

— Oi, Batatinha? — Nem levantou os olhos do jornal.

A pergunta que estava prestes a fazer dispararia um alarme, mas eu precisava saber o que havia visto em Brooks.

— O que o senhor acha do Brooks?

— Luke? Ele é um homem bom. Por quê?

Porque ele ficou sentado no chão do estábulo comigo por uma hora, isso é normal?

— Acho que só estava pensando por que o senhor praticamente o adotou quando a gente era criança.

Meu pai tirou os óculos de leitura e pôs o jornal de lado.

— Por que o interesse repentino?

Alarme disparado.

— Não sei. Curiosidade mesmo.

Meu pai me olhou de um jeito não totalmente convencido, mas acabou respondendo.

— Ele é destemido. Quando Gus trouxe Luke pra casa depois da escola, eu soube que ele ia ser um grande homem ou se tornaria seu próprio inimigo, como o pai. Eu conhecia bem o Jimmy na época. Também era destemido. Mas ninguém nunca esperou nada dele. O que começou com coragem só se tornou falta de cuidado conforme envelhecia.

Fazia sentido. Jimmy Brooks não tinha fama de ser um cara responsável ou pé no chão.

— Mas Brooks é imprudente também. — Lembrei das vezes que ele tinha se machucado ou feito alguma estupidez.

Como na ocasião em que comprou uma porcaria de moto, disparou pela cidade sem capacete e se enroscou numa árvore, tudo em um dia só. Meu pai e Gus ficaram apavorados. Quando cheguei em casa, Brooks — todo ensanguentado — estava levando um dos famosos sermões de Amos Ryder.

Imaginei se algum dia Brooks tinha tido alguém que se importasse o bastante para gritar do jeito que meu pai havia feito.

Desde o retorno à Meadowlark, eu estava constantemente tentando entender esse homem que era mais cuidadoso e complexo do que jamais tinha acreditado.

— Luke não é assim. Nunca foi. Ele costumava ser impulsivo e precipitado, e provavelmente por isso quebrou o nariz sei lá quantas vezes. É difícil se importar quando não se tem ninguém ou nada, e não há sequer uma pessoa por perto.

Ao contrário da minha realidade. Sempre soube que era amada.

— Luke é como um cachorro de rua — continuou meu pai. *Que legal*, pensei. — Feroz à primeira vista, mas precisa apenas de estrutura e de uma dose saudável de amor. Ele tem dias bons e dias ruins. Admito. — Meu pai estalou a língua. — Faz alguns anos que não preciso tirar esse garoto da cadeia, o que me deixa bastante contente.

Meu pai teve que tirar Brooks da cadeia por brigar três vezes, e essas foram só as que eu soube.

Por sorte, aquela era uma cidade pequena, e Amos Ryder tinha estudado com o xerife.

— Levou um bom tempo pra confiar em mim, Gus e Wes quando a gente dizia que ele era bem-vindo, mas nunca deixamos Luke na mão e, por fim, ele começou a não nos deixar na mão, e é assim desde então.

Lembrei do dia em que Brooks devia me buscar na prática de rodeio porque ninguém da minha família conseguiria. Eu teria preferido andar até em casa, mas Gus insistiu que não haveria problema.

Brooks se atrasou. Ele não podia dirigir porque tinha tomado cerveja; quando a caminhonete virou a esquina, sua peguete da época estava no banco do motorista.

A coisa toda me irritou, sobretudo porque tive que me sentar entre a garota e Brooks na parte dianteira do carro.

Ele precisava tomar vento com a cabeça para fora da janela enquanto ela dirigia.

Pensando bem, percebi que mesmo assim ele não tinha me deixado na mão.

Ainda que bêbado e atrasado, acho que não havia muita gente por quem Brooks, aos vinte anos, faria aquilo.

Ao pensar em Luke Brooks pedindo àquela garota para buscar a irmãzinha do melhor amigo, um sorrisinho surgiu no canto da minha boca.

— Nunca imaginei como deve ter sido pra ele. Viver numa casa onde não era desejado. — Eu me senti mal por ter sido tão babaca com ele. — O senhor acha que, se não tivesse conhecido Gus, ele seria diferente?

— Talvez. Não podemos levar todo o mérito. Aquele menino tem o coração do tamanho das Montanhas Rochosas. Ele gosta de cuidar das pessoas e também precisa ser cuidado. Acho que teria achado seu caminho mais cedo ou mais tarde, quem sabe passando por mais períodos ruins.

Pensei nisso brevemente. Eu ainda tentava conectar as duas versões de Brooks na cabeça: o adolescente irresponsável que me irritava e o homem que tinha se sentado no chão do estábulo por uma hora enquanto eu enfrentava um ataque de pânico.

Difícil acreditar que eram a mesma pessoa. Ele tinha mudado ou eu é que não enxergava com clareza antes?

— Acho que ele tá bem. — Tentei não transparecer nada na frente do meu pai.

Ele sorriu com uma expressão indecifrável.

— Concordo. Obrigada por tomar café comigo, Batatinha.

— Acabou o tempo livre?

— Sim. Vou pra cidade pegar um pouco de matéria-

-prima e uma nova peça das enfardadeiras de feno. Você precisa de alguma coisa?

Ele começou a recolher sua louça no balcão e levar para a pia.

— Tô bem. Tenho que ir pro estábulo.

— Aproveite o dia, Batatinha — disse ao tirar o chapéu de caubói do gancho na cozinha. — Te amo.

— Te amo — respondi.

Com meu pai de volta, eu estava agradecida pelo nosso tempo juntos. Era diferente de quando eu passava o fim de ano ou alguma pausa aqui. Durante aqueles momentos, meu pai fazia planejamentos pensando em mim, para que ficássemos ao máximo na companhia um do outro.

Já que eu havia me mudado, apreciava esses momentinhos com ele. Significava que não havia pressão pelo tempo de qualidade. Eu podia apenas existir na órbita dele e vice-versa — sem cronograma — pela primeira vez desde meus dezoito anos.

Isso me fazia perceber o quanto sentia sua falta quando estava longe e precisava dele.

E, numa reviravolta inesperada, o quanto eu estava feliz por estar em casa.

A caminho do estábulo, meu celular vibrou. Tirei do bolso e vi que era Kenny. Tínhamos conversado um pouco desde que o vi no Bota do Diabo, mas nada de excepcional. Foi divertido flertar naquela noite. E foi legal vê-lo, ele era gentil, e eu realmente estava agradecida por ter dado uma carona para a casa de Teddy, assim não dormimos do lado de fora do bar na carroceria da caminhonete. Mas eu não tinha nenhum interesse em Kenny.

Nada que tivesse a ver com o homem que estava indo encontrar.

Talvez.

Também havia algumas mensagens de Stockton. Não li e, mais tarde, apagaria sem ler. Suspirei e pus o celular no bolso sem responder Kenny também.

Vi Brooks antes de ele me ver. Segurava ferramentas na entrada do estábulo. Devia estar consertando as dobradiças que enlouqueciam Gus.

Pela primeira vez desde que voltei para casa, Brooks estava vestindo a típica regata cavada. Devia ser uma camiseta do INXS antes de ele passar a tesoura.

Mesmo que fosse irritante admitir, Luke Brooks era sexy pra cacete, e a regata também. Meu Deus, qual era o meu problema? Historicamente, eu tinha uma verdadeira aversão a esse tipo de roupa, e agora estava salivando por Brooks e seus braços nus. O jeito que os bíceps flexionavam era o bastante para deixar qualquer um desnorteado.

Melhor nem mencionar o maldito boné virado para trás.

Droga.

Droga. Droga. Droga.

Você é fraca, Clementine Ryder, pensei. Um boné para trás, e eu estava jogando todas as minhas opiniões sobre moda pela janela.

E todas sobre Luke Brooks estavam sendo eliminadas junto.

Ele deve ter ouvido minhas botas no chão de terra porque desviou o olhar. Deu o maior sorriso, segurando um prego entre os dentes, caso precisasse.

Por que aquilo era charmoso também?

— Ei — gritei.

Ele tirou o prego da boca, jogando-o na tigela aos seus pés.

— Bom dia — falou devagar.

Eu costumava odiar a fala mansa e caipira dele, mas agora queria mergulhar nela. Eu o observei me olhar de cima a baixo, de relance, como se ele não quisesse que eu notasse. Meu rosto ficou quente, e tentei me acalmar.

— Acha que tá pronta pra sentar?

Havia uma piada implícita, mas eu não ia mexer nesse vespeiro. A última coisa de que precisava era fazer gracinha com cavalgadas e Luke Brooks.

A ideia de montar em Maple acelerou um pouquinho meu coração, mas não foi nada perto da minha reação de semanas atrás.

— Acho que posso tentar — respondi.

Brooks sorriu de novo. Desse jeito, ficava com rugas nos olhos. Fofo demais.

— Vamos, então.

Com dois dedos, indicou que eu me juntasse a ele no estábulo. Caminhamos lado a lado até as baias de Maple e Friday, mas a de Maple estava vazia.

— Cadê a Maple? — perguntei.

— Eu a deixei sair pela manhã.

Ué?

— Hã... não vou montar hoje?

Fiquei confusa. Por que minha égua não estava ali?

— Vai, mas a gente vai voltar ao básico.

— Que seria...?

— Você vai cavalgar a Moonshine.

Hum. Não tinha pensado em qualquer possibilidade exceto Maple, mas Moonshine fazia sentido. Ela era firme: o cavalo perfeito para iniciantes.

E eu era uma iniciante de novo.

Por que não pensei nisso?

— Tá bom. Fico com a Moonshine.

— Vou levá-la com o Friday para o posto de amarração, aí a gente começa, tá?

— Tá.

Meu coração começou a bater contra as costelas, e a sensação inicial do pânico já era bem familiar. Brooks me encarava, provavelmente me avaliando. Em vez de me preocupar com a ansiedade crescente no meu peito, foquei ele. E no quanto me senti segura ao redor dos seus braços e com a respiração dele na minha bochecha.

Se ele estava aqui, eu ia ficar bem.

Afastei o pânico, trancando no fundo da garganta. Fiquei atormentada enquanto ia adiante, mas não me dei por vencida.

Eu conseguia fazer isso.

Queria fazer isso.

Peguei as ferramentas de limpeza na parede enquanto Brooks segurava os cavalos, e então caímos na rotina da última semana. Comecei a escovar Moonshine, e acho que ela ficou feliz com isso. O rabo balançava bastante.

— Então, do que a gente vai falar hoje?

Que bom que ele queria bater papo comigo, talvez ele estivesse gostando das nossas conversas tanto quanto eu.

— Hum... — disse em voz alta. Pensei brevemente. O que eu queria saber sobre Luke Brooks? — Em quem você deu o primeiro beijo?

Brooks pareceu surpreso, mas sorriu.

— Pergunta interessante, Ryder.

— Então responde — rebati. — Ou não consegue lembrar da fila enorme de mulheres que tiveram o coração partido por Luke Brooks?

Ele riu. Uma risada profunda e genuína.

— Meu primeiro beijo foi com a Claudia Wilson.

O nome — na verdade, o sobrenome — me fez lembrar de alguém na hora.

— Você não pegou a mãe dela?

— Tá me vigiando, Ryder? — falou com um sorriso.

— Não — disse na defensiva.

— Sei. — Ele ainda sorria, e eu nem achava irritante, isso sim era irritante. — Dei meu primeiro beijo com treze anos. Em um baile qualquer do ensino médio. Daqueles que tocam "Yeah" do Usher, depois "Open Arms" do Journey, aí avisam aos alunos para não ficarem muito próximos. — Eu sabia exatamente do que ele estava falando. — E os coitados dos professores têm que ficar de olho numa sala cheia de adolescentes que podem começar a se esfregar uns nos outros a qualquer hora?

Não consegui segurar a risada.

Esses bailes eram uma experiência universal em Meadowlark.

— Enfim, foi assim mesmo. Durante uma dança lenta, a gente deu uma escapada para o banheiro masculino, e eu beijei a Claudia no chuveiro. Não deu muito certo. Quase quebrei nossos dentes da frente e usei a língua cedo demais.

Gargalhei alto.

— E, respondendo a outra pergunta um pouquinho invasiva, sim. Dormi com a mãe dela. — Ele hesitou, mas pelo menos foi honesto. — Quando eu estava na casa dos vinte. Soube quem ela era alguns meses depois, e foi uma vez só.

Hum, interessante.

— Pra constar, exageram nos boatos sobre as minhas aventuras com mães, e a minha vida sexual em geral.

Eu achava engraçado ele saber dessas fofocas, e ainda assim nunca ter comentado. Apenas seguiu em frente, sem se importar com o que as pessoas achavam.

— Então, com quantas mães você já dormiu?

— Só uma, engraçadinha.

Soube que eram pelo menos dez. Não se pode acreditar em tudo vindo do telefone sem fio de Meadowlark.

A fama de Luke Brooks em Meadowlark era grande. Todo mundo o tolerava, exceto eu, e isso costumava me incomodar.

— Você tá mesmo se revelando pra mim, Brooks.

— Você gosta disso? — perguntou de brincadeira, mas resolvi ser sincera.

— Sim.

Ele parou o que estava fazendo — limpando os cascos de Friday — e me encarou. Não consegui decifrar bem sua expressão, mas era... intensa. E sumiu com a mesma rapidez.

— E o seu? — Voltou à tarefa. — O primeiro beijo, quero dizer.

— Foi com o Colton Clifford. Segundo ano do ensino médio. Durante os fogos do rodeio de Quatro de Julho.

Pensei naquele dia. Eu tinha quinze anos, e tudo em que conseguia pensar era que faltavam apenas três anos para eu poder sair de Meadowlark.

Será que a minha versão aos quinze anos ficaria decepcionada por eu estar bem onde comecei?

— Caramba. Que romântico.

Eu ouvia o sorriso se formando na voz de Brooks ao limpar uma sujeira grudenta das ferraduras de Moonshine.

— Foi mesmo. Até descobrir que ele beijou outra garota mais tarde, depois de mim.

— Tá zoando.

Luke realmente pareceu chocado, como se não acreditasse que um cara faria aquilo comigo. Quando meu coração acelerou no peito, não teve nada a ver com pânico, e tudo a ver com ele.

— Não. Flagrei o Colton debaixo da arquibancada com uma garota do primeiro ano.

— Sei onde ele mora. Vou lá dar uma surra nele agora.

Dei risada, mas ele podia estar falando sério.

— Teddy cuidou disso anos atrás — declarei, sorrindo.

— Ótimo.

Nós dois terminamos a limpeza e fomos pegar os acessórios. Meu pulso começou a acelerar de novo. Foi como se Brooks sentisse — "Está tudo bem, Emmy", e pôs a mão na minha lombar enquanto me guiava até Moonshine. O calor que percorreu meu corpo com o toque dele me distraiu da ansiedade.

Fiz todas as etapas para selá-la. Era algo natural. Eu tinha repetido isso milhares de vezes na vida. Sem exagero.

Almofada da sela. Sela. Cilha. Bridão, começando pelo freio. Repeti mentalmente as palavras várias vezes enquanto fazia cada parte, tentando me distrair do que aconteceria na sequência.

Depois que Brooks terminou de preparar Friday, andamos do estábulo até o curral com os cavalos. Brooks amarrou Friday nas estacas e veio até mim.

— Vamos lá, Ryder. Precisa que eu te levante?

Confesso que uma ajuda não faria mal. Pensando na sua mão nas minhas costas, seu toque talvez me distraísse, então assenti.

Algo mudou no ar, como se dar permissão a ele para me tocar tivesse mudado nossa dinâmica.

— Beleza.

Ele pôs as mãos na minha cintura primeiro, diferente do modo usual de ajudar alguém a subir num cavalo. Nós dois sabíamos disso, mas não me importei. Eu conseguiria montar Moonshine sozinha, mas queria que ele me tocasse.

— Pé esquerdo no estribo, gatinha. — O termo carinhoso escapuliu de sua boca sem esforço. Não soava mais debochado, embora ele provavelmente chamasse todas as mulheres assim. — A mão na alça.

A voz dele ficou mais grave? Seria possível? Um arrepio se espalhou por mim.

Segui as instruções, mesmo que eu estivesse ciente do que estava fazendo. Não ter que pensar em nada, apenas ouvir, era libertador.

A distração funcionou. Quando chegou a hora de me levantar, ele se inclinou até mim.

— Sei que consegue subir nesse cavalo sozinha, Ryder. — Suas mãos ainda estavam na minha cintura, e eu podia sentir sua respiração na nuca. Ele apertou minha cintura rapidamente. — Então sobe.

Subi.

Antes que eu percebesse o que aconteceu, tirei o pé direito do chão e passei a perna sobre Moonshine.

Eu estava na sela.

Puta que pariu.

Eu estava na sela, e estava bem.

Olhei para Brooks: ele estava radiante, e seu sorriso me aqueceu.

— Olha ela.

Quase como se estivesse com dificuldade de tirar os olhos de mim, ele se voltou para Friday.

Luke Brooks fazia muitas coisas sexy, e estava se tornando menos irritante, mas acho que não havia nada tão atraente quanto observá-lo, de boné para trás e regata cavada, montar no cavalo.

Cacete.

Ele se acomodou.

— Vamos devagar, tá bom? Algumas voltas pelo curral, e a gente encerra por hoje.

Assenti. Eu o vi dar uma apertadinha em Friday com os calcanhares, de modo que o cavalo começasse a andar.

Respirei fundo e fiz o mesmo com Moonshine. Ela foi adiante.

— Respira, Emmy. Sabe que a Moonshine vai tomar conta de você. É o que ela sempre faz.

Ele tinha razão. Inspirei fundo e relaxei nas rédeas.

Como esperado, Moonshine seguiu Friday.

Brooks ficava olhando para trás, checando se eu estava bem. O sorriso nunca saía do seu rosto.

Demos três voltas no curral até Friday parar. Puxei as rédeas de Moonshine gentilmente, mas ela teria pausado de qualquer forma. Brooks desmontou e amarrou Friday na estaca de novo. Ele andou até mim, e o sorriso foi tão contagioso que retribuí.

— Como se sente?

— Me sinto incrível — respondi. Sincera.

— Dá pra ver.

Esse homem e sua capacidade de me fazer corar ainda eram irritantes.

— Cala a boca, Brooks.

Ele continuou sorrindo.

— Vamos parar enquanto tá tudo bem. Pronta pra desmontar?

Isso foi tranquilo. Quando minhas botas tocaram o chão, foi como se eu não conseguisse mais conter a alegria. Amarrei Moonshine ao lado de Friday e me virei para Brooks. Não pude evitar: me joguei nele e envolvi os braços no seu pescoço.

Ele ficou parado por um segundo, mas então me abraçou e me levantou do chão rapidamente. Rimos juntos. Eu me afastei para conseguir olhá-lo.

— Obrigada, Luke.

Torci para que ele pudesse sentir minha sinceridade.

— Você conseguiu, Emmy. Tudo sozinha.

— Não seria possível sem você.

Sim, montar num cavalo e dar algumas voltas eram bem diferente da prova dos três tambores, mas valia alguma coisa. Depois de não ter nada por tanto tempo, eu estava no topo do mundo.

— Claro que teria conseguido. Eu sei.

Ele ergueu o braço, ajeitou uma mecha de cabelo atrás da minha orelha e permaneceu com a mão no meu rosto. Seus olhos desviaram para os meus lábios, assim como naquela noite na cabana. Dessa vez, ele acariciou meu lábio inferior com o polegar. Eu quis pôr na boca.

Era isso.

Eu queria que ele me beijasse. Muito mesmo.

Ele não beijou.

Em vez disso, se afastou, desamarrou nossos cavalos e começou a andar de volta ao estábulo.

Dez

LUKE

Em menos de duas semanas, eu tinha quase beijado a irmã caçula do meu melhor amigo não só uma, mas duas vezes. Eu queria tanto beijá-la que chegava a ser patético.

Tentei me convencer de que o motivo era apenas Emmy ser bonita e eu não beijar uma mulher há um tempo. Não tive vontade. Só que eu sabia que não era verdade. Havia algo entre a gente.

E Emmy não era só atraente. Ela era incrível.

Em algum momento das últimas semanas, Emmy começou a me olhar de forma diferente, e eu entrava em êxtase com essa sensação.

Ontem, ao assistir como sua confiança crescia a cada volta pelo curral, meu jeans ficou apertado. Sem falar no jeito que ela se jogou em mim.

Eu estava ferrado.

No dia seguinte, mandei uma mensagem para avisar que tinha negócios a resolver no bar, então não poderia cavalgar. Era verdade. Em geral, eu não trabalhava no rancho às sextas-feiras porque passava o dia pondo em ordem o Bota do Diabo para o fim de semana.

Eu disse que os próximos dois dias seriam atarefados e que voltaríamos na terça. Daria tempo suficiente para pôr a cabeça no lugar e parar de pensar em como seria tocá-la... todinha.

Eu me senti mal por furar com Emmy, mas precisava me recompor. Se a visse neste estado, não pensaria duas vezes antes de dar um beijo nela. Faria mais do que dar esse beijo.

Quis que Emmy fosse minha de todas as maneiras.

E conhecer tudo sobre ela, incluindo sua voz ao gemer meu nome.

Se eu achava que já estávamos em território perigoso, melhor nem saber onde estaríamos no momento.

Esfreguei a mão no rosto e suspirei. Tinha milhões de coisas para fazer, e só conseguia pensar em Emmy.

Nesta manhã, Joe tinha perguntado por que eu andava tão distraído, e não soube como responder. Joe era um cara legal. Trabalhava no Bota do Diabo há mais tempo do que eu estava vivo e era a única razão para o bar ter sobrevivido ao comando de Jimmy Brooks.

Quando meu pai deixou o bar para mim, tentei dar cinquenta por cento para Joe. Ele merecia, mas recusou. Acordamos uma divisão de 45/55. Ele ficou feliz, e eu ganhei um baita parceiro.

Assim foi possível continuar ajudando em Rebel Blue, o que era muito importante para mim.

Quase não aceitei o bar. Não queria nada do meu pai. Quando ele morreu há alguns anos, eu tinha passado mais de trinta sem precisar de nada seu, e ali não seria diferente. No entanto, o banco explicou que recusar o patrimônio poderia significar o fim do bar — um lugar muito importante para tantas pessoas, mesmo que fosse apenas onde cantavam clássicos do country a plenos pulmões —, então decidi aceitar.

Também aceitei a casa: um bangalô de um andar entre as árvores atrás do bar, a cerca de um quilômetro. Minha terra não chegava perto de Rebel Blue, mas cem acres somando uma casa e um negócio não era nada mal para um cara como eu.

Eu não sabia direito como tudo isso havia acabado nas mãos de Jimmy, mas estaria mentindo se dissesse que não fiquei grato.

Alguém bateu à porta do meu escritório. Esperava que fosse Joe. Em vez disso, vi Teddy Andersen.

Por que ela estava no meu bar às dez da manhã de uma sexta-feira?

E por que Joe a deixou passar pela porta?

— Tá ocupado?

Seu cabelo estava preso no seu típico rabo de cavalo, mas sua expressão era incomum. Parecia brava.

Teddy era uma das últimas pessoas no planeta que eu ia querer irritar. Ela e Gus deviam estar empatados. Ontem, quando Emmy contou a história do seu primeiro beijo e mencionou como Teddy tinha "cuidado disso", logo imaginei que ela tivesse cortado o pau do cara e feito ele comer.

— O que foi, Teddy?

Ela fechou a porta.

— O que tá rolando entre você e Emmy?

Ela não poupava ninguém. *Puta merda.*

— Como assim?

Mantive a voz normal. Ou tentei, pelo menos.

— Não vem com essa merda, Brooks. Ela me contou do quase beijo na cabana, e agora você virou o professor de equitação? A Emmy é uma profissional da prova dos três tambores. Acho que não precisa de nenhuma dica sua.

Emmy contou da cabana? Ela não diria nada para a melhor amiga a não ser que significasse algo para ela, certo?

A questão não é essa, seu idiota.

— Você pode brincar com qualquer garota. Por que tá se metendo com a Emmy? — Com certeza não aceitaria minha indiferença como resposta.

— Não tô me metendo com ela — respondi, sincero.

Eu não estava me *metendo* com Emmy. Pelo contrário, ela estava se metendo comigo. Desde o segundo em que passou pela porta do bar, foi como se ela tivesse gravada no meu cérebro, praticamente implorando que eu pensasse nela todo dia, o dia todo.

Eu não devia cultivar sentimentos por ninguém, muito menos pela irmã caçula do meu melhor amigo.

— A Emmy e eu somos amigos.

Teddy não se convenceu. Talvez porque minha resposta não tenha sido convincente. Emmy e eu éramos amigos, mas só porque não podíamos ser nada além disso.

— Amigos?

— Sim. Gosto de passar o tempo com ela.

— E as aulas?

— É uma recapitulação, pode perguntar pra ela.

Comecei a mexer nos papéis na mesa. Não cabia a mim contar a ninguém o que Emmy estava passando. Eu só queria apoiá-la.

— Você quase beija todos os seus amigos num clima de tensão?

Clima de tensão? Assim foi o relato?

Tentei não sorrir. Até cobri a boca na esperança de esconder o que estava sentindo.

Quem sabe Emmy estivesse tão afetada quanto eu pelo que estivesse acontecendo entre a gente, seja lá o que fosse.

Não podia pensar nisso. Minha mente não deveria ir por esse caminho — onde acabaríamos se isso fosse verdade.

— Não — fui sucinto.

Nunca tive um clima de tensão com ninguém. Só com Emmy.

— Chega desse sorriso estúpido, Brooks. Me conta o que tá acontecendo.

— Olha, Teddy, não tô brincando com a Emmy. Prometo. Nunca faria nada pra magoá-la. Somos amigos, e gosto do tempo que passamos juntos, mais nada. Beleza?

Metade da frase era verdade, mas pareceu funcionar.

Teddy ruminou minhas palavras por um minuto antes que passasse de brava a descontraída.

— Que foi?

— Nada. Entendi agora.

E deu um sorrisinho.

— Entendeu o quê?

— Só entendi. — O sorriso de Teddy estava aumentando. — Obrigada por esclarecer tudo.

— Teddy, de que raios você tá falando?

— Nada. — Meu Deus, que irritante. Ela foi até a porta do escritório. — Te vejo por aí, Brooks. — Antes que estivesse fora de vista, disse: — Se machucar a minha melhor amiga, corto seu pinto fora e te faço comer.

Tive o mau pressentimento de que Teddy sabia exatamente o que eu sentia pela sua melhor amiga.

Onze

EMMY

O celular tocou no raiar do dia. Achei que fosse Teddy, já que ela era a única pessoa que me ligava ultimamente. Atendi sem olhar a tela.

Um grande erro.

— Alô?

Minha voz saiu sonolenta.

— Olá. Falo com a Emmy Ryder?

Com certeza não era minha melhor amiga. Nem Teddy era tão alegre a essa hora.

— Sou eu.

— Bom dia, Emmy. É Wendy da Associação Feminina de Rodeio Profissional. — Na lista de pessoas com as quais eu não queria conversar numa segunda-feira de manhã, pessoas do rodeio estavam em primeiro lugar. — Estou ligando porque quero saber se você vai competir em Meadowlark mês que vem.

— Hum, não sei. No momento, eu tô dando uma pausa do circuito.

— Sim, estamos cientes da sua situação. — Ótimo. — Queria avisar que entendemos que essas coisas são difíceis de superar, e queremos que faça isso, mas também adoraríamos que se juntasse a nós em Meadowlark. É a sua cidade natal, correto?

— Sim — respondi, suave.

— Bem, nunca levamos o circuito para aí antes e achamos que ter você na equipe seria ótimo tanto para nós quanto para a sua cidade.

E o que seria ótimo para mim?

— Vou pensar.

— Ótimo. Vou ligar daqui a algumas semanas para confirmar. E, Emmy?

— Sim?

— Se tiver alguma coisa que possamos fazer por você, por favor nos diga. Gostamos de você e adoramos tê-la na equipe. Você é uma grande competidora.

— Obrigada.

Onde você estava quando fiquei isolada no meu apartamento por um mês? Wendy estava há anos no comando da prova dos três tambores da AFRP. Eu a conhecia fazia um bom tempo. Não culpava Wendy por nada, mas meu acidente tinha sido relatado assim que aconteceu, e essa foi a primeira vez que tive notícias dela.

E a primeira coisa que ela me perguntou foi se eu queria ou não voltar a competir.

— Certo, conversaremos em breve. Tenha um ótimo dia!

Soava como unhas raspando numa lousa, ainda mais tão cedo. Desliguei sem responder.

Não foi desse jeito que planejei começar o dia.

Até o momento, dar voltas no curral havia sido tudo o que eu tinha feito a cavalo. Eu nem conseguia levar Moonshine a passeio pelo rancho.

Que coisa estranha e difícil de aceitar, visto que eu passei a vida toda cavalgando por aquelas trilhas.

Não poderia pensar nisso agora.

Ontem à noite no jantar — momento no qual Brooks

esteve ausente —, Wes perguntou se eu podia ajudá-lo num projeto. Concordei.

Mesmo que Brooks não tenha conseguido cavalgar comigo por dois dias, ainda assim dei algumas voltas com Moonshine pela manhã. Não foi fácil sem ele, mas deu certo.

Era incrível o quanto bater papo durante o aparelhamento me acalmava.

Eu ainda não tinha coragem para trotar com Moonshine, então torcia para que não precisasse cavalgar muito ajudando Wes, ou o dia de hoje não seria bom.

Eu me forcei para sair da cama e tomar um banho quente. Naquele momento do verão, as manhãs começavam a esfriar, só que não o bastante para acender a lareira da cabana. Mas esses dias deviam chegar em breve.

Em geral, algumas semanas depois do aniversário de Teddy, que já era nesta semana, ficava frio no fim de tarde até o fim da manhã. Não que o dia ainda não fosse quente para caramba.

Não seria Wyoming se não passasse pelo menos três estações por dia.

Depois do banho, vesti uma calça jeans, uma regata preta e um moletom grandão. Trancei o cabelo e, assim que calcei as botas, Wes bateu à porta.

— Emmy? Tá pronta?

A voz foi abafada pela porta.

— Tô, entra!

Ele abriu a porta, e o ar frio da manhã entrou na cabana. O casaco foi uma boa decisão.

— Oi, bom dia. Se importa se a gente for de quadriciclo?

Ele não fazia ideia do quanto não me importava.

— Não, tá bom.

Me certifiquei de fechar bem a porta. *De nada, Gus.*

Wes tinha vindo de quadriciclo, então subi do lado do carona.

— Então, qual é o grande projeto?

Wes sorriu, mantendo os olhos na estrada de terra, com as covinhas totalmente à mostra.

— Você vai ver.

Havia uma bifurcação na estrada, e Wes pegou a esquerda. Levava à parte mais antiga de Rebel Blue — na verdade, à área com mais estruturas originais. Já que não havia onde trabalhar aqui, uma boa parte do gado vagava pelo local. Era a região do rancho onde os caminhos eram bloqueados pelos animais, mas não parecia que ficaríamos aqui esta manhã.

— Então, como é estar em casa? — perguntou Wes enquanto dirigia.

— É legal. Não percebi o quanto sentia falta daqui.

Era fácil ser sincera com Wes. Bem, sobre certas coisas.

— Meadowlark ou Rebel Blue?

Refleti sobre isso.

— Os dois — afirmei com sinceridade. — Achei que só me sentiria assim no rancho, mas Meadowlark não é tão ruim quanto lembrava.

— Vai chover canivete — disse Wes, e eu sorri. — E aquele namorado que você mencionou no telefone mês passado?

— Não importa.

Pesado, porém verdade.

— Ah, entendi.

Wes deixou para lá. Eu gostava de como ele não me pressionava. Assim como Gus, eu não gostava de conversar sobre meus sentimentos. Podia falar sobre tudo com Wes, mas ele nunca me pressionava até que estivesse pronta.

— Como anda passando o tempo?

— Fico no estábulo quase sempre.

Não menti. Realmente não estive em nenhum outro lugar em Meadowlark, ou sequer em Rebel Blue. Mas não foi isso que escondi de Wes, e sim com quem estive e o que comecei a sentir por essa pessoa.

— O Gus não deixou o lugar com o Brooks?

— Hum, sim. Só tenho ajudado.

— Bem, deve ser legal pra ele, já que fica ocupado com o bar.

Paramos em frente à estrutura que costumava ser o Casarão antes de nascermos. Tecnicamente era maior, só que bem mais antiga. Nosso pai construiu o atual aos vinte e poucos anos porque o encanamento não era ideal.

Esta havia sido construída mais como uma casa normal, diferente da nossa. Com estilo típico de rancho. A pintura azul estava desbotada, e a porta da frente, caindo aos pedaços, mas ainda era bonita.

— O que vamos fazer?

Wes estava com um sorriso enorme, irradiando empolgação. Seu cérebro de golden retriever estava tramando um grande plano.

— Aqui vai ser o centro do nosso hotel-fazenda.

— Calma, calma, calma. — Tentei fazer minha mente acompanhar a boca. — O papai e o Gus deram a permissão?

— Ainda não, mas vai acontecer. Quando voltaram de Idaho, o Gus perguntou se eu ainda estava interessado nisso, e é claro que sim, então a gente vai fazer a votação no jantar ainda nessa semana.

— Bom, você sabe meu voto.

— Sei. Obrigado.

Olhei o antigo Casarão. Nós fazíamos a melhor manutenção possível, mas não era prioridade, ainda mais que ninguém achava que voltaria a ser funcional. Se precisássemos do espaço, meu pai provavelmente o teria derrubado.

— Então, me conta, como você vai pegar essa casa, que é praticamente uma ruína, e transformá-la num lugar onde as pessoas vão querer se hospedar?

— Olha, o projeto todo deve levar pelo menos um ano e meio pra receber hóspedes, mas espero que a obra em si demore de seis a nove meses. — Ele vinha planejando há anos. — A casa inteira precisa ser destruída por dentro e sofrer todos os reparos. Quanto à planta, no lado oeste tem seis quartos. Dois vão se tornar suítes grandes, e os outros vão ser um conjunto de suítes, cada uma separada por um banheiro. A gente vai criar uma cozinha e uma sala de jantar espaçosa, fora uma sala de estar para relaxarem depois de um dia longo.

Wes era um sonhador. Nem Gus nem eu tínhamos essa habilidade — tudo parecia possível para ele. Eu nunca teria aquela visão, quase pude visualizar com a explicação de Wes.

— Amei. Vai ser fantástico. Wes, tô muito orgulhosa de você.

Fato. Queria que desse certo.

— Obrigado, Em.

— Beleza, então por que viemos?

— Vamos entrar. A gente precisa registrar o estado da casa. Assim que o papai e o Gus derem a aprovação, quero procurar designers e empreiteiras.

— Bora lá.

A gente andou até a porta.

— Já entrou aqui? — perguntou Wes.

— Não. Ao contrário de você, não tenho costume de entrar em prédios abandonados.

Wes gostava de adrenalina. Sua única característica que às vezes o metia em encrenca.

— Que tédio — respondeu enquanto puxava a madeira compensada da porta da frente. Olhei o interior. Jesus, o lugar estava péssimo. Wes, e seja lá quem ele contratasse, teria um trabalho difícil.

Depois de uma experiência de quase morte envolvendo o teto da cozinha e muitos roedores, mortos e vivos, Wes e eu saímos.

— Wes, sei que você é capaz, mas porra. Certeza que não quer só derrubar tudo? — indaguei, balançando a cabeça. Depois de ver o interior da casa, eu estava cem por cento certa de que começar do zero seria mais fácil.

— Tenho. — Wes sorriu. Ele estava inabalável. — O Gus tem o rancho. Você saiu de Meadowlark e construiu uma vida sozinha. Isso é meu.

Wes pôs a mão no bolso e admirou a casa. Ele olhava como se já a visse pronta. Eu admirava sua capacidade de reconhecer o potencial das coisas.

— Vai ficar lindo, Emmy.

— Eu sei. Se alguém consegue, esse alguém é você.

Era verdade. Nem eu nem Gus poderíamos realizar algo dessa magnitude. Nem tentaríamos. Wes pôs o braço nos meus ombros e caminhamos até o quadriciclo.

— Falando em sonhos, você vai competir nas regionais em Meadowlark mês que vem?

Minha nossa. Nada era segredo nessa cidade?

— Como sabe disso?

— Li no jornal.

Óbvio. Juro que Meadowlark era a única cidade que ainda publicava um jornal local bem-sucedido. Patrocinado pelo público, todo mundo recebia um exemplar — contribuindo ou não —, e o maior financiador era Amos Ryder.

Que bom que apoiavam o jornalismo local, né?

— Quer a resposta honesta? — perguntei.

— Sempre.

— Não sei. Sério, Wes, não sei mais qual é meu sonho.

Wes parou. Dei mais alguns passos antes de virar para olhá-lo.

— Você vai se resolver. Como sempre resolveu.

Essa era a questão. Em geral, eu resolvia as coisas, mas não sabia como fazer *isto*: desistir de uma parte de mim e recomeçar.

— Não tenho tanta certeza.

— Eu tenho. — Ele me olhou, e o quanto se importava comigo estava estampado no rosto todo. — Tudo tem fim, Emmy. Se continuar competindo ou não, eu realmente adoraria ver você cavalgar uma última vez na cidade que moldou a gente.

Foi a última coisa que Wes falou no caminho. Ele me deixou no estábulo, e comecei o trabalho do dia.

Tentei não pensar no quanto queria conversar sobre tudo isso com Brooks, ou como o lugar ficava silencioso sem ele.

Doze

LUKE

Não dormi nada na noite passada. Depois de horas me revirando, aceitei a derrota e saí da cama. Pus um short de corrida, peguei o tênis e saí. Precisava botar a cabeça no lugar.

Ainda estava escuro, devia ser umas quatro horas da madrugada. Toda manhã eu corria na trilha que dava a volta na minha casa e levava ao Bota do Diabo. Mesmo que estivesse escuro, peguei esse caminho, pois o conhecia como a palma da mão.

Não parava de pensar em Emmy. Nos vimos há alguns dias, mas pareciam semanas. Eu não sabia decifrar esse sentimento. Nunca uma mulher tinha consumido tanto meus momentos acordado como Emmy.

Escutei meus passos no ritmo familiar para acalmar os pensamentos. Eu não corria com fone de ouvido, apenas com as vozes da minha cabeça.

Havia tantas coisas na minha cabeça que eu queria resolver, a maioria tinha a ver com Emmy e, por tabela, com Gus.

Sempre me importei com Emmy, e ela estava na minha vida desde que me entendo por gente. Antes dessas últimas semanas, Gus havia sido uma barreira entre nós. Não no mal sentido, mas ainda assim um obstáculo. Exceto por caronas da escola para casa, eu nunca tinha ficado sozinho de fato com ela.

Até agora.

Estar a sós com Emmy era como dar uma pequena fugida da realidade. Apenas nós dois, Luke e Emmy. Não Brooks, o desastre de Meadowlark, e Emmy, a queridinha de Meadowlark. O que eu sentia na companhia dela estava rapidamente se tornando a melhor coisa que já tinha sentido.

Havia passado os últimos anos tentando ser alguém, e algo em Emmy me fazia acreditar que eu podia chegar lá. Quando ela não estava sendo engraçadinha, era atenciosa, gentil e uma baita ouvinte.

Essa Emmy era novidade, talvez porque em geral eu atraía o pior dela. Fui um garoto perdido. Costumava ser impulsivo e procurar por atenção — de qualquer tipo. Inclusive virar alvo da língua afiada de Emmy.

Sinceramente, ainda apreciava essa versão dela.

Eu não gostava da maneira como eu provocava Emmy o tempo todo sobre tudo, mas gostava da forma como ela revidava. Durante a infância e a adolescência, as pessoas deviam descrever Emmy como meiga e tímida.

Não eu. Ela não me mostrava esse lado.

Eu usaria termos como "um pé no saco" ou "cabeça-dura".

Quando erámos mais novos, mesmo fora de Rebel Blue, Emmy sempre aparecia por perto. Se eu levasse uma garota para jantar, Emmy estaria estudando lá com Teddy. Se dessem uma festa, Teddy daria um jeito de enfiar as duas, ainda que os convidados fossem pelo menos cinco anos mais velho que elas.

Isso me irritava para cacete, e eu fazia questão de que Emmy soubesse.

Houve uma noite de fogueira em que vi Emmy perder tempo com um cara da cidade vizinha, mais velho que eu. Ela tinha dezessete anos, então ele estava sendo um pervertido.

Quando ele levantou para pegar uma bebida para Emmy, eu disse que se um dia ele olhasse para ela de novo iria se arrepender. Depois que deu o fora, falei coisas bem horríveis a Emmy: que ela se vestia *assim* para atrair o tipo errado de atenção, que era uma criança idiota e — na frente de todo mundo — que fosse embora.

Achei que tinha sido babaca o suficiente para ferir seu orgulho e fazê-la ir para casa. Com certeza ela ficou envergonhada. Se outra pessoa tivesse dito aquilo, o efeito teria sido esse; mas como fui eu, Emmy revidou e me esculachou.

Ela basicamente me chamou de um fodido peso morto.

E não estava errada.

Sempre que ela me derrotava assim, eu desejava que repetisse. Eu não sabia o que — sua sinceridade e acidez, ou apenas ter alguém que me via como eu pensava que era de verdade — me fazia querer tanto irritá-la.

Passei a conhecer um lado diferente de Emmy, mas ainda podia ver partes da menina de língua afiada na mulher com lábios sedutores.

Era como se eu tivesse passado a vida reunindo suas peças, e enfim estava montando o quebra-cabeça.

E adivinha? Não havia nada para não gostar.

Eu estava tão ferrado.

Não tinha ideia do que fazer. Por um lado, Emmy era proibida. Gus surtaria se descobrisse que algo estava acontecendo — ou que tivesse acontecido — entre nós. Dado meu histórico com mulheres, eu nem podia culpá-lo.

Não era que eu tratasse mal as mulheres. Na verdade, eu nunca ficava com elas tempo suficiente para tratá-las bem ou mal. Vi o jeito do meu padrasto com a minha mãe e, bem cedo, decidi que nunca seria esse cara: o que sempre precisava ter todo o controle.

Eu odiava esse tipo de cara.

Em vez disso, eu me tornei quem qualquer uma podia chamar para se divertir.

Afinal, quem não ia querer que a irmã caçula ficasse com um cara assim?

Não que Emmy e eu fôssemos ficar juntos ou algo do tipo. Não foi o que quis dizer.

Gus era meu melhor amigo. Sabe-se lá o que teria acontecido comigo se, na falta do meu almoço, ele não tivesse dividido metade do seu sanduíche de pasta de amendoim na segunda série.

Eu não queria estragar a nossa amizade, mas também não queria perder o que poderia rolar com Emmy.

Ela parecia diferente. Parecia *bem*. Eu queria saber aonde eu poderia chegar, ou aonde *nós* poderíamos chegar.

Mesmo que acabássemos sendo amigos. Eu a queria na minha vida, mais do que já estava. Não era o bastante.

Os primeiros raios de sol estavam se esgueirando pelas árvores, e parei do lado de fora do Bota do Diabo. A trilha acabava aqui, então eu daria a volta no retorno para casa. Sob a claridade do início da manhã, o Bota do Diabo parecia assombrado. Sinceramente, talvez fosse mesmo. No mínimo, era assombrado por más decisões. Como se pedaços da noite estivessem grudados, recusando-se a abrir caminho para a luz.

Uma grande parte de mim não conseguia acreditar que ele era meu.

Encarei a tinta desbotada. Eu tirei o bar do buraco cavado por Jimmy. Houve uma época em que eu teria aumentado o rombo, e como era tentador pra caralho levar tudo à falência e me destruir. Mas eu não agia mais assim. Pelo menos, estava tentando. Já era alguma coisa.

Esse lado meu que queria construir uma vida diferente da do meu pai e já havia se esforçado bastante para isso — pelo menos até agora — era uma parte que Emmy não conhecia. Eu queria que ela conhecesse.

Eu também queria oferecer outras partes minha novas.

Comecei a corrida tentando descobrir como ficar longe de Emmy. Terminei decidindo que não era a hora. Ainda não, pelo menos.

Não hoje.

Hoje eu pretendia dar a Emmy um pedaço de mim em que ela pudesse se agarrar.

EMMY

Na manhã seguinte, alguém bateu de novo à minha porta. Isso me acordou cedo demais, já que o despertador estava programado para tocar às seis da manhã. Por que todo mundo no planeta insistia em me acordar?

Bateram de novo. Rolei para fora da cama e grunhi, depois fui até a porta, o chão duro de madeira sob meus pés.

Não era ninguém menos que Luke Brooks. Seus olhos se arregalaram ao me ver. Percebi que tinha ido para a cama só de regata branca transparente e calcinha. *Merda*.

— Um segundo. — Dei com a porta na cara dele. Merda, merda, *merda*. Meus mamilos deram bom-dia antes de mim.

Vasculhei a pilha de roupas, procurando por algo que me cobrisse pelo menos um pouquinho. Joguei uma camisa de flanela comprida e velha por cima da roupa de dormir.

Inspirei fundo. Brooks ainda estava lá. Agora quase decente, tive tempo de reparar na sua aparência. Outra calça jeans perfeita, uma camisa mutilada e um boné virado para trás. Seu uniforme favorito. Virei uma grande fã do vestuário de Brooks estes dias.

Traidora, pensei.

— O que veio fazer aqui?

— São oito e meia. Te esperei no estábulo por uma hora. — Ah, droga. Eu não ouvi mesmo o despertador? — E tô batendo faz dez minutos. Ia invadir pra ver se não estava morta.

— Ai, desculpa. Me dá uns minutos que fico pronta.

— Não vamos cavalgar hoje.

— O quê? — Então qual era o plano?

— Quero te levar num lugar. Biquíni ou maiô é uma boa pedida.

Cruzei os braços.

— Preciso trabalhar, Brooks.

— Um dos funcionários do rancho foi remanejado porque geralmente eu não estou por perto, e as tarefas não mudaram desde que você voltou. É seguro.

Ah. Tudo bem.

Acho.

— Me conta aonde vamos.

— Não. Já contei mais do que planejava, mas você não ia querer nadar de lingerie, né?

— Então você anda pensando em mim de lingerie?

Seus olhos se estreitaram, talvez se irritando com o sarcasmo despejado tão cedo. Bem, eu não gostei de ele aparecer na minha cabana me dando ordens.

— Se veste, Emmy.

A porta fechada foi a minha deixa para obedecer.

Jesus Cristo, às vezes ele era muito mandão. Será que era assim na cama?

Se controla, Emmy.

Olhei ao redor, incerta de onde encontraria um maiô.

O lugar estava um desastre. Eu não era muito boa em manter tudo arrumado. Às vezes, era mais fácil apenas viver sob as pilhas do que enfrentá-las. Não fazia sentido, mas meu cérebro não funcionava de um jeito normal.

Passei pela bagunça até achar um biquíni vermelho. O top era esportivo, com um decote quadrado que realçava minha clavícula.

Enfiei um short jeans e um cropped com estampa de banda e abri a porta. Brooks estava no mesmo lugar, parecendo um verdadeiro garoto-propaganda de Wyoming.

— Que sapato devo usar?

Brooks aproveitou para me dar uma olhada. Fiquei com calor enquanto seu olhar ia dos meus pés até os olhos.

— A bota tá boa.

Estava perto da porta, então me inclinei para calçá-la.

— Pronta — declarei enquanto me virava de volta.

Ele ainda encarava onde havia estado a minha bunda.

Seu olhar encontrou o meu. Ergui uma sobrancelha, e Luke fez algo que eu nem sabia que ele era capaz: corou.

— Vamos — disse Brooks.

Ele estendeu o braço, gesticulando para que eu fosse na frente. Fechei a porta da cabana e caminhei até a caminhonete dele estacionada ao lado da minha. Brooks me alcançou.

— Você cavalgou nos últimos dias, né?

— Sim. Como sabe?

— Chute. Imaginei que ia precisar de um dia de folga.

Na lateral da caminhonete, fui abrir a porta, mas Brooks chegou primeiro.

Não consegui lembrar a última vez que um homem tinha aberto uma porta para mim. E deu uma última checada antes de fechar a porta. Quando subiu do outro lado, pôs óculos aviador que estavam no banco.

Não tinha como ele ficar mais gato.

— Seu café.

Ele assentiu para o copo no porta-copos. Era da única cafeteria de Meadowlark. Então ele podia, sim, ficar mais gato. Dei um gole. Perfeito.

— Não sabia se você ainda gostava desse café, mas resolvi arriscar. Café coado, muito creme, sem açúcar.

— Tá excelente.

Nem me lembrava de um momento no qual Brooks pudesse ter ouvido como eu preferia o meu café, mas ali estava ele, sendo prestativo sem esforço. Segurei o copo com as duas mãos e, junto dessa gentileza, deixei que me aquecesse.

O carro de Brooks não tinha banco traseiro, e havia uma sacola entre a gente. Mesmo que eu não comesse bacon, reconhecia o cheiro.

— Tem um burrito vegano aí dentro.

— E um com bacon extra pra você?

Brooks tinha feito tantas refeições na minha casa que eu sabia que o homem amava bacon. Ele e meus irmãos eram um poço sem fundo em se tratando de comida. Quando passávamos os pratos pela mesa de jantar, meu pai sempre garantia que eu me servisse primeiro; caso contrário, havia uma boa chance de não restar nada, apesar das porções enormes.

— Óbvio.

Comecei a comer. Meu Deus, a cafeteria tinha mesmo aprimorado o café da manhã. Que delícia.

— Quando você se livrou da antiga caminhonete? — perguntei.

Brooks sorriu.

— Ainda tenho. Infelizmente, ela não está mais em condições de lutar. Comprei essa de um cliente do Bota do Diabo no ano passado.

— Gostei.

Combinava com ele. Clássico e masculino.

— Também gosto. Gus tentou me convencer a pegar um modelo mais recente, só que não tô pronto pra abrir mão do câmbio manual ou das janelas com manivela. Fico contente que você ainda tenha a sua caminhonete.

Agora foi a minha vez de sorrir. Eu amava meu carro. Batalhei muito por ele — minha primeira grande compra.

— Vou dirigir aquela geringonça enquanto eu viver, aí vão ter que arrancar as chaves da minha mão morta.

— Sabe que aquilo é feio pra cacete, né? — disse ele, sorrindo.

— Igual a você — brinquei. Eu não toleraria difamação. — Aonde tá me levando, afinal?

— Você vai ver. — Seu sorriso aumentou. — Acho que vai gostar.

— O que motivou o passeio?

— Você só tem estado em três lugares: o rancho, o Bota do Diabo e a casa da Teddy.

Ele tinha razão.

— Todos são ótimos. Menos o Bota do Diabo. Esse é meio questionável.

Brooks me deu uma boa olhada.

— Enfim. É melhor achar alguns lugares para amar em Meadowlark. Sei que não foi fácil voltar pra casa, mas a sua família e o rancho não podem ser as únicas coisas de que gosta se vai ficar por aqui e ser feliz.

Um nozinho se formou na minha garganta. Que atencioso. Em vez de falar, peguei o burrito de Brooks na sacola e desembrulhei pela metade para ele comer dirigindo. Era uma pequena atitude, mas tomara que Brooks entendesse o significado: obrigada.

Ele me dirigiu um sorrisinho antes de voltar os olhos para a estrada, com a comida na mão. Estava além da minha compreensão como o homem conseguia usar câmbio manual e comer burrito ao mesmo tempo.

Pensei no que meu pai disse no outro dia: Luke Brooks tem o coração do tamanho das Montanhas. Eu estava começando a acreditar nisso. Por que não tinha notado antes?

Andamos por um tempo, provavelmente trinta minutos. Eu engoli a refeição, mas demorei um pouquinho com o café, saboreando a bebida e o gesto de Luke. Passamos pela cidade, que era praticamente apenas uma estrada. De lá, ele pegou a rodovia.

Alguns quilômetros depois, saímos numa estrada montanhosa. Fora da pista dupla, ele desacelerou o bastante para abaixar as janelas. Me senti grata. Em geral, eu ficava superestimulada com janelas abertas na rodovia. Fazia muito barulho. Mas naquele ritmo era um paraíso.

O ar de verão de Wyoming se espalhou pela caminhonete, e o sol brilhou sobre o capô. Tocavam no rádio Brooks & Dunn: um dos favoritos de Brooks.

Será que o nome dele vinha daí?

Ele dirigiu no fim do trecho asfaltado até a estrada de terra. Era uma subida. Estávamos indo para as montanhas. Depois de alguns zigue-zagues, Brooks estacionou no acostamento.

— A gente vai caminhar um pouco. Tudo bem?

— Me trouxe aqui pra me matar?

— Sim — respondeu ele, inexpressivo.

— Caramba. Podia pelo menos ter dito pra calçar uma bota tratorada, assim eu morreria com um pouco de dignidade. Agora vou ficar deslizando enquanto tento fugir.

— Foi pra te pegar — disse. Por que isso me deixou

toda... arrepiada? — Não se preocupa, a caminhada é curta e plana. Já passamos pela parte íngreme.

Brooks saiu da caminhonete, e eu o segui. Havia um caminho até as árvores. Estava mais fresco ali, mas ainda quente.

Caminhamos num silêncio confortável por alguns minutos. Eu ergui o olhar no percurso. Não havia nada mais mágico do que o modo como o sol penetrava nas árvores.

Saímos para uma pequena clareira — verde, exuberante, com canteiros de flores silvestres por todo o lugar. Aposto que ficaria totalmente coberta na primavera.

Eu conseguia ouvir o som da água corrente nas pedras, então procurei a fonte. Do outro lado da clareira, havia uma pequena cachoeira que dava acesso às árvores. Fluía até formar uma nascente.

Tudo era sereno. Como uma pintura.

— Como achou este lugar?

Minha voz saiu maravilhada.

— Sorte. Foi logo depois que tirei a carteira de motorista.

Ele estava radiante, as marquinhas de expressão em seus olhos aparecendo ao andar em direção à cachoeira. Eu o segui, lutando contra o desejo de correr e pular na água cristalina.

— Você vem muito aqui?

— Sempre que possível. No verão é melhor porque dá pra nadar, a cachoeira congela no inverno. É incrível.

— E geralmente vem sozinho?

Tradução: Você traz muitas mulheres?

Porque seria um baita cenário para encontros.

Brooks me encarou, o olhar sincero.

— Este lugar é meu. Você é a primeira pessoa que trago aqui.

— Ah — exclamei feito boba.

— Sim, ah — disse ele, sorrindo.

— Nem o Gus?

— Nem o Gus.

Essa sensação de o estômago revirar estava se tornando habitual na presença de Brooks. Eu não sabia o que pensar disso ou do modo como ele me olhava. Sua expressão logo ficou meio maliciosa, e meu estômago se revirou de novo.

O que estava acontecendo comigo?

Ele puxou a camiseta pela cabeça. O boné saiu junto. E jogou a roupa no meu rosto. Tinha cheiro de amaciante e hortelã.

Ele estava tirando a roupa? Não que eu fosse contra.

Nem um pouquinho. Meu Deus, eu era *muito* fraca.

Demorei um segundo para lembrar que estava de biquíni. Era por isso. Íamos nadar. Ele tirou as botas e a calça. Tentei não encarar, mas cacete.

Brooks tinha o corpo esculpido por um trabalho pesado. Seus músculos não eram exagerados, e sim bem-definidos e torneados.

Melhor nem comentar sobre as veias descendo pelos braços.

Não dava para conseguir um físico desse na academia.

Eu o observei. Por que ele não tinha marcas de sol? Se bronzeava pelado? A visão de Brooks nu passou pela minha mente. Eu nem tentei me conter. Já tinha perdido a vergonha.

Alguém devia ter esculpido este homem, pensei.

— Sua vez — declarou Brooks, me tirando dos pensamentos que estavam escalando rapidamente.

— O-o quê? — gaguejei.

Eu ainda estava encarando sua boa forma, sem olhar nos seus olhos.

— Não vai nadar de roupa, né?

Ah. Beleza.

Comecei a desabotoar o short, mas o modo como Brooks me observava, combinado ao fato de que havia me trazido ao "seu lugar", deixou toda a situação estranhamente... íntima.

Fixamos os olhares enquanto eu deslizava a peça pela perna, deixando no chão. Examinei Brooks respirar fundo, e seu olhar continuou em mim quando tirei a blusa e joguei em cima do short.

Eu estava imaginando ou suas narinas dilataram?

— Pronta? — Sua voz com certeza ficou mais grave. Apenas assenti, com medo de guinchar como um rato se tentasse falar. Brooks estendeu a mão. Entrelacei os dedos com os dele, tentando não pensar no quanto era boa essa sensação. — Um aviso: a água vai estar fria pra cacete.

Eu ri.

Brooks não perdeu tempo ao me puxar correndo para a água. Ri de novo, mais alto. Aproveitei ao máximo o sentimento de liberdade.

Quando chegamos à beira da nascente, nem pensei em nada. Só pulei.

E ele também.

Mergulhar foi intenso e maravilhoso.

Brooks tinha razão: estava fria pra cacete.

Não ouvia nada com a cabeça submersa. Tudo o que pude sentir foi a água em volta de mim e a mão de Brooks na minha. Depois da guerra travada comigo mesma desde a queda do cavalo, minha mente finalmente se calou.

Ao emergir, respirei fundo. Brooks logo surgiu na superfície, e usei a mão dada para puxá-lo. Por instinto, envolvi as pernas na sua cintura e senti um frio na barriga.

Porra, ele era macio.

Água pingava pelo seu rosto, e eu nunca o tinha visto com um sorriso tão grande. As dobrinhas ao redor dos seus olhos me deixavam tonta.

— Obrigada por me trazer aqui.

Eu estava ali há cinco minutos, e já amava.

— É legal ter companhia. — Luke não tentou me mover, então fiquei entrelaçada nele. Eu estava desesperada para cruzar a linha. Evitei pensar no modo que meu corpo estava reagindo. — Como foi cavalgar nesses últimos dias?

— Tudo bem. Quero andar pelos tambores, mas não sei como vou me sentir, e Maple tá doida pra correr, só que ainda não tô pronta.

— Você vai competir nas regionais de Meadowlark?

Meu Deus, primeiro Wes, agora Brooks. Por que todos os homens da minha vida estavam lendo o jornal?

— Não sabia que acompanhava o jornal.

— Sou dono de um estabelecimento local. Preciso estar bem informado sobre o que acontece nas redondezas — brincou.

— Acho que quero. Competir, digo.

Admiti tanto para ele quanto para mim. Eu não tinha um plano, mas a possibilidade de competir na minha cidade natal me atraía como nunca.

— Então vai competir. Você consegue, Emmy. Montar no cavalo é a parte mais difícil.

Soou como o consolo que um pai ou uma mãe daria aos filhos quando caíam da bicicleta. Eu tinha caído da bicicleta e do cavalo muitas vezes, mas daquela vez foi diferente.

Havia me abalado de um jeito que nem imaginava ser possível.

— Mas não só participar. — Competir não seria o bastante para mim. — Eu quero ganhar.

Eu sempre queria ganhar. Era um problema.

— Então ganha.

Brooks ainda sorria, mais carinhoso.

— Você diz como se fosse moleza.

— Você é a Clementine Ryder. Bateu o recorde de quinze segundos numa prova ano passado. É moleza.

Como ele sabia disso?

— Sim, tô demorando tipo cinco minutos pra dar uma volta. Só uma pequena diferença.

— Duas semanas atrás, você não conseguia subir num cavalo, então a chance é boa. Fora isso, por que quer entrar na disputa?

Que pergunta difícil. Justamente por saber a resposta. Não havia dúvida. Sei lá o que neste homem punha para fora todas as palavras que geralmente ficavam apenas na minha cabeça. Mas eu queria me abrir.

— Quero uma oportunidade de me despedir — admiti, baixo. Eu nem sabia se Brooks me ouvia na água.

— Você merece isso.

Seu olhar me deu vontade de ficar bem aqui — com as pernas em volta da sua cintura e seus braços me segurando — para sempre.

— Você não vai me importunar por desistir da carreira ou dizer que tô cometendo um erro?

— Não. Sinceramente, tô curioso, mas a única pessoa que precisa se sentir bem com as suas decisões é você, Emmy.

Pela expressão, ele realmente estava falando sério.

— Confesso que não sei como me sinto. Eu amo cavalgar, mas não quero mais que isso seja tudo pra mim — admiti.

— Sabe, se não gosta desse caminho, sempre pode criar outro.

— Quem disse isso? Robert Frost?

Brooks sorriu e balançou a cabeça.

— Dolly Parton.

— Ah, a Deusa em pessoa — falei, rindo. — Pressenti que essa decisão estava por vir há um tempo. Meu terapeuta em Denver tinha receio de que eu estivesse me esgotando.

— E estava?

— Sim. Mas não do jeito que está pensando — expliquei. Ele fez um pequeno aceno de cabeça, me dando permissão para continuar falando. — Alguns anos atrás, fui diagnosticada com TDAH. Sempre fiz um milhão de tarefas ao mesmo tempo e precisava concentrar toda a minha atenção em tudo.

Pensei em como o diagnóstico havia mudado a minha situação. De repente, eu podia explicar por que agia daquele modo. Foi uma revelação. Tinha deixado as coisas diferentes, mas não como eu esperava. Esperava que fosse consertar tudo, que eu não ficasse mais tão desesperada para estar no controle o tempo todo, que pararia de tomar decisões impulsivas apenas para me sentir no comando da minha vida por um momento.

Não foi o que aconteceu. Em vez disso, eu meio que sabia das razões, mas não conseguia parar de agir da mesma maneira. Não mudei muito, focando no que me dava ilusão de poder.

— Enquanto durou, foi incrível fazer todas essas coisas. Parecia que eu podia realizar um milhão de tarefas e não deixar a peteca cair. Na escola, na faculdade e na carreira como amazona. Eu ia com muita força, muito rápido. Como um ciclo de hiperfixação. Competir sempre foi constante, mas a dinâmica com a equitação mudou completamente ao bater o recorde de quinze segundos.

Brooks não tirava os olhos de mim, escutando tudo o que eu tinha a dizer.

— Eu continuava porque não conseguia parar, mesmo sem estar feliz. O treino nos meses anteriores ao meu acidente beirava a impulsividade. Mais ou menos uma semana antes, bati contra uma parede. Perdi a motivação. Fiquei muito sobrecarregada, um caco. Me retraí na minha mente. Meu coração sumiu dali, e eu não estava cavalgando no meu nível. Se estivesse, provavelmente podia ter impedido a queda. Talvez não de todo, mas podia pelo menos ter diminuído o impacto.

— A queda não foi sua culpa, Emmy. Essas merdas acontecem com qualquer um — declarou Brooks.

Seu tom foi sincero.

— Pois é, mas já saltei de um cavalo milhões de vezes. Sei como fazer isso em segurança, e era o que devia ter feito em vez de deixar o cavalo me jogar longe.

Estremeci ao pensar na sensação de atingir a cerca, enquanto o polegar de Brooks fazia pequenos círculos na minha cintura dentro d'água. O toque foi reconfortante.

— E, nos últimos meses, fiquei muito cansada. Dormia tanto que não escutava o despertador. Parei de tomar os remédios do TDAH. Fiquei sentada no apartamento e não me mexi, e a vida se acumulava, mas nem liguei.

— Então, o que te fez voltar pra casa? — perguntou Brooks.

— Não consegui controlar o impulso — respondi genuinamente. Ele pareceu confuso, precisei explicar: — Quando sinto um impulso, já é difícil conter quando tá tudo bem. É ainda pior quando tô fora do eixo.

— Mas te dá ilusão de controle? — Ele foi gentil.

— Por um momento, sim.

— Então se arrepende de ter voltado?

Boa pergunta. Refleti. Sinceramente, achei que me arrependeria, mas não aconteceu.

— Não. As circunstâncias não importam, foi a decisão certa.

Vi seus ombros relaxarem um pouquinho. Nem tinha percebido que estavam tensos.

— Emmy, eu tô feliz por você estar aqui.

Ele estava me olhando daquele jeito de novo. Como se eu fosse a pessoa mais importante no planeta, a única coisa que importava.

Eu podia ficar bêbada só sendo alvo desse olhar.

Minhas pernas ainda estavam na sua cintura, e ele me segurava. Mesmo submersos, sentia o calor das suas mãos na minha pele. Descansei a cabeça no seu ombro.

— Sabe? — disse ele. Senti seus lábios no meu cabelo. Eu queria que percorressem todo lugar. — Aprendi mais sobre você nas últimas duas semanas do que em vinte anos.

— Idem. — Eu precisava saber mais. — Me conta outra coisa.

— Tipo o quê?

Eu queria descobrir quando ele mudou, mas não podia perguntar na lata. Sobretudo porque não tinha certeza se houve mudança, se eu nunca o conheci de verdade ou se era uma combinação dos dois.

Em vez disso, respondi:

— Você tá diferente.

— E?

— Fiquei imaginando quando isso aconteceu.

Ele permaneceu quieto. Torci para não ter dito nada errado.

— Cinco anos atrás. Um monte de coisas aconteceu comigo de uma vez. Riley nasceu, Jimmy morreu, herdei tanta merda que nem sabia que era do meu pai, e fui preso depois de uma briga bem feia num bar.

— Seu pai pagou a minha fiança. Ele disse pra ser eu mesmo ou ser o Jimmy, mas que não podia ser os dois. Sei lá, é como se isso tivesse meio que conectado algo na minha cabeça. Em geral, continuo o mesmo. Apenas parei de lutar contra mim.

Meu pai me disse que Brooks era seu próprio inimigo, então entendia como ter algo pelo qual lutar pode ter mudado tudo.

— Você ganhou a briga no bar pelo menos? — Tentei aliviar o clima um pouquinho.

— Claro. Mas o idiota quebrou meu nariz.

— Ah, por isso tá todo ferrado.

Senti seu peito vibrar com uma risada. Ele tirou as mãos de mim e desenroscou minhas pernas. *Droga*.

— Você é bem engraçadinha. Sabia?

— Eu? Imagina.

Brooks me lançou um olhar penetrante. Aproveitei a oportunidade para espirrar bastante água nele.

— Filha da...

Antes que terminasse a frase, me afastei nadando, para que viesse atrás de mim.

Ele veio.

Perdi a noção do tempo, mas nadamos na nascente, revezando no balanço de corda — feito por Brooks anos atrás — e conversando sem parar.

Estávamos nos secando sentados na margem quando meu estômago roncou bem alto, e Brooks disse:

— Melhor a gente sair daqui.

Eu não queria ir embora, mas devia ter um milhão de

ligações perdidas de Teddy, querendo saber onde eu estava. Brooks pegou minha blusa e meu short do chão e me entregou. Nós nos vestimos em silêncio e fomos para a caminhonete.

Brooks entrelaçou os dedos nos meus. Aí tomei a decisão. Eu ia beijar este homem.

Hoje.

Treze

LUKE

Enquanto voltávamos para a caminhonete, não resisti e peguei a mão de Emmy. Ela entrelaçou nossos dedos, e, caralho, senti que estava flutuando. Não tinha certeza de quando aquilo passou a ser normal, mas fiquei feliz por termos cruzado essa linha.

Hoje estava sendo o melhor dia em um longo tempo.

Abri a porta para ela, mas a impedi com os dedos antes que fechasse seu cinto. Não sabia bem o que ia fazer, mas precisava agir. Esta mulher tinha ocupado cada pedaço livre no meu cérebro, e eu não queria mais ficar longe dela.

Sendo sincero, eu não achava que conseguiria ficar longe, não importa o quanto tentasse.

Emmy Ryder era apenas... mais. Mais do que qualquer um havia sido ou seria um dia.

Era gentil e corajosa. Linda pra cacete também. Estava ficando difícil não pensar em como seria tocá-la, torná-la minha.

Na água, quando envolveu as pernas na minha cintura, pude sentir o calor se espalhando na minha pele. A atração era intensa, e eu não tinha certeza se conseguiria contê-la por tanto tempo.

— Emmy... — Não terminei porque ela agarrou minha camiseta com as duas mãos e puxou meu rosto.

No segundo em que nossos lábios se encostaram, foi como se eu estivesse pegando fogo. Fiquei chocado demais para fazer qualquer coisa além de ficar parado com o dedo no cinto de segurança, suas mãos grudadas na minha roupa.

Emmy se afastou muito rápido, mas colou a testa na minha.

— Você desistiu de me beijar duas vezes, então eu mesma cuidei disso.

Sua voz estava ofegante e perfeita, fazendo com que eu ignorasse o fato de que tinha acabado de me insultar.

Só que ela tinha razão. Que ódio. Desde quando eu ficava tímido para beijar uma mulher interessante?

Eu ia ter que compensar de alguma forma. Imediatamente.

Precisava dizer algo. Qualquer coisa para mantê-la aqui, bem onde queria que estivesse.

Mas não conseguia. Emmy Ryder tinha acabado de pôr a boca na minha voluntariamente. Meu cérebro virou uma pilha de feno. O aperto na minha camisa se afrouxou, e ela começou a se afastar. Suas bochechas ficaram coradas. Será que estava... envergonhada? *Merda. Não.* Não era isso que eu pretendia. Queria sua boca. *Se mexe, Luke, se mexe.*

Eu não deixaria que ela escapasse de mim. Isso me forçou a funcionar no tranco.

Puxei o cinto de novo. Por instinto, peguei na sua garganta e aproximei seus lábios.

Não fiquei apenas parado desta vez.

Agarrei seu cabelo ainda úmido com a outra mão, e ela envolveu os braços no meu pescoço. Eu não me cansava dela. Isso era demais.

Ela era demais.

Deslizei a língua, implorando para entrar.

Eu não largaria qualquer coisa que esta mulher me desse.

Ela me deixou entrar, e dominei sua boca. Nosso beijo foi caloroso e frenético. Ela pegou na minha camisa como se não estivesse perto o suficiente.

Eu estava bem na frente dela. Desci as mãos por aquela bunda perfeita e levantei Emmy do chão. Ela me enlaçou com as pernas, agora em terra firme. Tinha me enlouquecido na água, e estava me enlouquecendo nesse momento. Eu já estava duro.

Emmy mordiscou meu lábio inferior, e foi impossível me segurar mais.

Eu nos virei para que as costas dela encostassem no interior da caminhonete. Não parei o beijo enquanto nos movia com cuidado para dentro, até que estivesse deitada no banco, as pernas em volta de mim, e eu por cima.

Exatamente onde queria estar.

Suas pernas se abriram, e eu me aninhei ali. Nossas bocas ainda estavam grudadas. Eu estava aproveitando tudo que podia. Seu corpo encaixou perfeitamente embaixo do meu.

Sem falar que passei o dia vendo Emmy de biquíni, eu devia estar a quarenta e cinco segundos de explodir na calça como um maldito menino de quinze anos.

Mas não ligava.

Tudo que importava era Emmy; a companhia dela; o fato de que enfim a tinha nos braços.

Ela deslizou as mãos na minha coluna por cima da camisa, e eu parei o beijo apenas para passar os lábios no seu pescoço. Sentia seu pulso na minha língua. Seu coração batia tão rápido quanto o meu.

Fiz uma trilha de beijos até sua clavícula, e ela gemeu. Eu queria memorizar tudo, com a boca, as mãos, a língua.

— Porra, Emmy. — Minha voz saiu áspera. — Você é perfeita pra caralho.

Ela soltou mais um gemido, e foi inevitável encaixar nossos quadris. Ela levou as mãos ao meu cabelo, arrancando o boné. Voltei para seus lábios por um caminho de selinhos desde o pescoço.

— Meu Deus — exclamou nos meus lábios. — Mais, eu preciso de mais.

Pressionei mais a minha cintura, e ela gemeu. Beijei com mais força, como se estivesse tentando engolir os gemidos.

Desci a mão até seu seio e apertei. Aí sua respiração falhou. Eu quis marcar esse som na minha mente.

— Emmy — murmurei. — Se a gente continuar, não vou conseguir parar.

Ela se afastou do beijo e segurou meu rosto. Olhava dentro dos meus olhos quando disse:

— Não quero que pare, Luke. — Engoli em seco. Ela ia...? Ela queria isso tanto quanto eu?

— O que você quer, Emmy?

Ela ficou quieta. Quase ouvi nossa respiração.

— Que você me coma nessa caminhonete. Por favor.

Puta que pariu. Quem diria que Emmy Ryder falava assim? Havia uma certeza. Eu queria sua boca no meu corpo todo. Uma chave foi virada no meu cérebro com essas palavras. Qualquer tipo de reserva caiu fora. Eu não estava apenas ultrapassando um limite: eu ia explodir a porra do limite.

— É isso que você que você quer, gata? Que eu te coma aqui ao ar livre? — Precisava que ela repetisse. E dissesse que me queria.

— É, Luke. Quero muito. Por favor.

A pronúncia do meu nome soou desesperada. Bem quando achei que não podia ficar com mais tesão. Quem assumiu o comando foi a parte de mim que estava determinada a fazer minha essa mulher.

— Você me quer dentro de você?

Ela gemeu.

— Meu Deus, aham. Por favor.

— Porra.

Eu a beijei mais uma vez. Um beijo com dentes e línguas. Nós teríamos bastante tempo para pegar leve, mas tudo em que pensava no momento era no quanto a desejava.

Ela levou as mãos até a barra da minha camisa, subindo a peça pelo meu corpo. Puxei sua blusa curta para ver o decote dos peitos perfeitos.

Eu estava prestes a abocanhar quando o celular de Emmy tocou.

Merda, tá de brincadeira.

Chupei um mamilo no tecido da porra do biquíni vermelho.

— Ignora — grunhi.

Ela pegou o aparelho no chão da caminhonete mesmo assim. *Desobediente.*

— É o Gus.

Bom, droga.

Parei o que estava fazendo. Essa ligação era a única coisa que podia me distrair da missão — foder Emmy absurdamente.

A irmã dele.

Puta que pariu.

Eu me levantei de cima de Emmy. E observei seu estado. O cabelo ainda estava úmido e mais bagunçado do que o normal, mas *eu* finalmente fui a pessoa que causou isso. Seus lábios estavam inchados dos beijos, e ela tinha marcas vermelhas no pescoço.

Ela ficava devastadora assim.

O celular parou de tocar, um sinal para retomar de onde

tínhamos parado. Prestes a fazer exatamente isso, só que o *meu* celular tocou.

Tive um mau pressentimento.

A tela mostrou o contato de Gus.

— Você tem que atender — falou Emmy. — Senão, ele vem atrás de nós dois.

Ela tinha razão. Respirei fundo e levei o celular ao ouvido.

— Aqui é Brooks.

Parecia que esse virou meu cumprimento para Gus depois de fazer coisas que não deveria com a irmã dele.

— Meu Deus, entrevista de emprego de novo?

— Eu gosto.

Emmy riu e ficou de joelhos na minha frente. Dei um olhar de aviso, mas ela apenas retribuiu com um sorriso que fez meu pau dar uma fisgada.

— Você tá ficando mais velho e mais esquisito — disse Gus. — Viu a Emmy?

Quer saber? Deixa eu pensar, Gus. Pra falar a verdade, sua irmã caçula acabou de lamber o meu pescoço pra caralho.

Jesus Cristo.

Essa mulher.

— Não — balbuciei. — Por quê?

Emmy deslizou as unhas pelo meu peito, parando no cós da calça. Meu pau estava duro, e com certeza ela via exatamente o que estava causando em mim.

— Não tá na cabana nem no estábulo. Ela tem te ajudado lá, né?

Emmy, que se mostrou um demônio do inferno naquele momento, apertou meu pau na calça jeans.

Porra.

Mordi o lábio, mas um pequeno gemido escapou. Segurei seu pulso e a fuzilei com o olhar.

— Sim, mas não hoje.

O braço de Emmy ainda estava na minha mão, mas ela não se intimidou. Voltou a beijar meu pescoço.

— Hum. Que estranho. Ela praticamente não saiu do rancho desde que chegou.

A voz de Gus estava preocupada e irritadiça.

— Ela deve estar com a Teddy. — Tentei não pensar no fato de que estava mentindo para o meu melhor amigo.

— É, você tá certo. Vou tentar ligar mais tarde.

— Tá tudo bem? — Por que eu resolvi estender a ligação?

— Sim. Vamos jantar em família na terça. Pode vir se quiser.

— Legal. Te aviso se vir a Emmy.

Senti uma risadinha no meu pescoço.

— Tá bom. Você tá correndo ou algo assim?

— Não. Por quê?

— Parece que tá sem fôlego.

Sério, Gus? Eu estava a três segundos de arrancar a roupa da sua irmã quando você ligou. Emmy passou as unhas pelo meu peito de novo, e eu sufoquei um grunhido.

— Não, só tô mexendo no bar. A gente se fala depois, ok?

— Beleza. Tchau.

Desliguei sem responder nada, e Emmy riu de novo. No volume normal. Eu amava esse som.

Puxei seu cabelo, inclinando sua cabeça para que me olhasse.

— Vou te castigar por isso, gatinha.

— Pelo quê? — perguntou, inocente.

— Por ficar me atiçando no telefone.

— Eu aguento. — Depois me beijou de novo. *Jesus.* Ela era demais.

Esse era meu mundo agora? Eu podia simplesmente beijar Emmy Ryder?

— Preciso te levar pra casa — falei, relutante.

Ela se afastou do beijo e fez um biquinho. *Droga*. Quase transamos na caminhonete, e esta mulher já me tinha na palma da mão.

Quem eu queria enganar? Estava nessa situação desde quando ela entrou no meu bar.

— Não me olha assim — pedi.

— Tá. Pode dar uma carona, mas vai ter que me recompensar. — Deu um beijão na minha boca.

— Combinado.

Senti seu sorriso.

Eu sabia exatamente como recompensaria Emmy e, quando isso acontecesse, eu não teria pressa.

Catorze

EMMY

— Seu irmão ligou antes ou depois de você mandar o Luke Brooks "te comer na caminhonete"? — perguntou Teddy no telefone.

— Ted. Você não tá ajudando nem um pouco.

Quem me dera dizer que me arrependia de contar a Teddy o que aconteceu no carro de Brooks, mas eu era fisicamente incapaz de guardar esse segredo. Melhor do que soltar sem querer no jantar.

Já havia muita coisa que eu não estava contando — o motivo da volta para a casa, os ataques de pânico —, e eu precisava de um pouco de equilíbrio.

— Só pra esclarecer — continuou Teddy —, "me come nessa caminhonete" é uma citação direta, certo? — Meu Deus, ela estava se divertindo. — Preciso saber pra quando escrever sobre isso no meu diário mais tarde.

— Tô arrependida de ter te ligado.

— Não, não tá. Fora que é a semana do meu aniversário, você é obrigada legal e contratualmente a me contar tudo sobre você e o Luke Brooks.

— Não lembro de assinar esse contrato.

— Seu pai assinou no seu lugar quando ele começou a me pagar pra ser sua amiga.

— Você é hilária, e essa piada não tá nem um pouco velha — falei, monótona.

— Não vamos fugir da questão. Preciso saber a ordem exata dos eventos, se foi uma citação direta e como é beijar o Brooks.

Suspirei. Teddy era como um cachorro que não larga o osso. Quando ela tinha um objetivo, não adiantava pará-la, então era melhor contar tudo logo.

— Foi antes da ligação, sim, é uma citação direta da minha pessoa, e ele beija muito bem.

Mais do que isso. Sem sombra de dúvida, foi o melhor beijo da minha vida. Que saco.

— Claro. Não teria como ele beijar mal.

Não foi a intenção de Teddy, mas doeu mesmo assim. Um lembrete de quem era Luke Brooks, e de quem ele sempre seria.

Sim, eu estava vendo um lado diferente nos últimos tempos e preferi acreditar que ele não tinha levado outras mulheres para o seu lugar favorito — com burritos e café perfeitos.

Mas Luke Brooks costumava ser um pegador.

Esse era o homem que, alguns dias atrás, contou que tinha transado com a mãe da primeira garota que beijou. Depois de uma investigação nas redes sociais, meus parabéns: a mãe de Claudia era gostosa.

— Emmy — chamou Teddy no telefone. — Aonde você foi?

— Lugar nenhum.

— Emmy, não nesse sentido.

Droga. Esqueci que Teddy lia mentes.

— Não, eu sei, mas é verdade. Claro que ele beija bem, a prática leva à perfeição.

Pensei em como segurou minha garganta antes do beijo.

Em geral, eu não era o tipo de garota que dava o primeiro passo, porém estava feliz por ter tomado a iniciativa. Foi como se tivesse dado permissão para ele se soltar.

Ele tinha sido tão confiante, tão seguro de si. O jeito com que lidou consigo mesmo — e comigo — foi tão inebriante quanto o próprio beijo.

— Quer saber o que acho disso tudo? — perguntou Teddy.

— Com certeza você vai me dizer.

— Acho que o Brooks merece mais crédito. — Nossa. Não era isso que eu esperava. De jeito nenhum. — Óbvio que ele tá a fim e gosta de passar tempo junto. Alguma vez o Luke Brooks fez algo contra vontade?

Ela tinha razão.

— Não.

— Você se divertiu mesmo hoje?

— Sim — admiti.

— Tá gostando de como se sente com ele?

— Você me frustra — falei no celular.

Passei a mão no rosto. E torcia para que percebesse o gesto.

— Responde, Clementine.

— Certo, tá bom. Sim, eu gosto disso.

— Beleza. Pelo sim, pelo não, você nunca vai ter certeza se continuar tentando encaixar Brooks na mesma prateleira de quando a gente tinha treze anos. A versão pode ser nova, mas acho que vale a pena conhecer.

Só Teddy para dar sentido a essa situação bastante irracional.

— E o Gus?

— O que tem ele? — respondeu Teddy, entediada.

— Brooks é o melhor amigo dele. Igual você é para mim,

e não quero que meu irmão perca isso. Nem o Brooks. Melhores amigos são difíceis de achar.

— Escuta. Sei que o Gus tem aquele jeitão ameaçador, mas você não pode deixar a opinião dele te impedir de ficar com quem você quer. E tenho noventa e nove por cento de certeza que é com o Brooks. — Isso me fez sorrir. — Sério, Emmy. Tudo bem deixar um caos do bem entrar no seu mundinho.

— Fale por você.

Teddy amava caos, mas ela sabia lidar com isso. Teddy era mestre em contornar as dificuldades, pondo um fim nelas.

— Por você também. Prometo, se o Gus descobrir e surtar, eu cuido dele. Não vai fazer mal nenhum conhecer o Luke um pouquinho melhor.

— E quando der errado?

— Eu te protejo. — Suspirei, mas Teddy não se intimidou. — Sabe, você suspira demais pra uma mulher que acabou de pegar de jeito um dos homens mais gostosos de Wyoming.

Teddy continuava tendo razão.

— Ele é gostoso, né?

— E você também. Vocês merecem ser gostosos juntos. Só não pensa demais nisso, Em. Se ele acabar sendo um idiota, mas acredito *muito* que não vai ser o caso, pelo menos você ganhou a pegação e um burrito.

— O burrito estava bom. O Grão realmente melhorou.

— Eu sei. Almoço lá literalmente todo dia. — Teddy trabalhava numa butique de roupas na cidade e vendia as próprias criações no seu site. — Eu te levaria lá, mas parece que você só sai dos confins do rancho com o Brooks.

— Não é verdade.

— É sim, mas vou te poupar, já que não faz tanto tempo que você tá no pedaço. Pelo menos tem saído com alguém.

— Por que ficou tão a favor do Brooks de repente?

— Tenho meus motivos.

— Se importa em compartilhar?

— Deixa pra lá. — Ela deu um estalo com a língua. — Preciso ir. Te vejo sexta na comemoração. Te amo!

Depois de alguns minutos, Gus passou na cabana com Riley. A minha sobrinha costumava bater, mas eu não ligava. Ela deitou rapidinho na cama comigo.

— Tia, sua cabana é muito pequena. A do meu pai é bem maior.

— Bom, vocês dois têm que caber lá. Essa é só pra mim.

— Você não tem um amigo igual a minha mãe? Ele mora com a gente. Vão se casar.

Gus tinha me contado sobre o casamento de Camille. Ele estava feliz por ela, e eu também. Gus e Cam nos deram Riley, só que era óbvio para todo mundo, incluindo eles, que não eram compatíveis romanticamente. Eles se tornaram amigos íntimos, cultivando uma ótima parceria como pais.

— Não tenho esse tipo de amigo, mas que bom pra sua.

— Meu pai também não tem uma amiga.

Gus pigarreou na porta.

— Onde você estava hoje cedo? Tentei te ligar.

Não podia contar que estava ficando com o melhor amigo dele.

— Na cidade. Tomei um café e fiquei um tempo sozinha.

— Você precisa mesmo de mais tempo sozinha?

— Pai, você disse que isso é importante — interrompeu Riley. — Eu falo pra você quando preciso ficar um pouco sozinha.

— Sim, *pai*. Muito importante — brinquei.

— Certo, filha, mas a tia Emmy fica sem ninguém o dia todo, todo dia.

Olhei feio. Riley e eu ainda estávamos na cama. Ela virou de lado para me encarar.

— Tia, você precisa que eu te visite mais?

Sua voz soou séria. Foi adorável.

— Sabe, na verdade é uma boa ideia.

Riley beijou a mão e tocou meu rosto. Um gesto que tinha aprendido com Gus. Ele disse que nossa mãe fazia isso, não que eu pudesse lembrar.

— Combinado. Mas não vou trazer o papai — murmurou. Eu ri.

— Qual é a graça? — perguntou Gus.

— Nada — respondemos ao mesmo tempo.

Gus olhou para o teto como se pedisse força aos céus. Eu amava irritá-lo.

— Enfim. Só vim avisar que vamos jantar amanhã. Parece que Wes vai conseguir o hotel-fazenda dele, mas o papai não vai autorizar até a gente votar.

— Eu apareço lá.

— Ótimo. Riley, vamos. Tenho que te levar de volta pra sua mãe.

Dei um abraço nela.

— Tchau, raio de sol. Te amo.

— Também te amo, tia!

Ela saltou pela cabana até a porta. Gus a guiou para fora.

— Ah, e Brooks também vai, então tenta se comportar, por favor.

Quinze

LUKE

O que se deve vestir num jantar com a família da garota que você gosta, mas essa família também é do seu melhor amigo, e o pai dele é o mais próximo que você já chegou de ter uma figura paterna?

Eu nunca me preocupava com o que usaria nos Ryder, ou em geral. Mas isso era diferente.

Tudo ficou diferente depois de beijar Emmy.

Ainda tive dificuldade de acreditar que o episódio na caminhonete — ou o dia inteiro — havia sido real. Ainda não conseguia tirar da mente a imagem dela rindo na água ou debaixo de mim.

Ferrado. Assim que eu estava: ferrado.

Pressenti que entraria no Casarão e todos os Ryder saberiam que beijei Emmy, como se alguém tivesse escrito "BEIJEI SUA IRMÃ" na minha testa com caneta permanente.

Acabei vestindo a calça jeans menos puída e uma camiseta preta lisa. Passei trinta minutos agonizando, e foi isso que saiu? Ótimo.

Decidi renunciar a qualquer tipo de boné, uma decisão mais séria do que parece.

Espiei rápido o celular. Já eram 18h54. Merda. Não ia chegar na hora de jeito nenhum. Eu tinha amadurecido um pouco, mas ser pontual nunca seria meu forte.

Calcei a bota e saí.

Levei quinze minutos da minha calçada até a porta do Casarão em Rebel Blue. Para afogar os pensamentos, dirigi com as janelas abertas e a música alta.

Já jantei lá um milhão de vezes.

Ia dar tudo certo.

Quando estacionei, notei a caminhonete de Teddy. Gus devia estar contente. Wes estava com Waylon, um enorme e branco cão dos Pireneus. Era fofíssimo. Completamente devoto a Wes e um baita cachorro de pastoreio.

— Oi, cara — disse Wes.

— Oi.

Waylon jogou uma bolinha de tênis no meu pé. Eu joguei bem dentro das árvores. Ele disparou como uma bala.

— Apenas dez minutos atrasado — observou Wes. — Impressionante.

Abri um sorrisinho e dei de ombros. Por sorte, sempre fui um homem de poucas palavras, então seria normal não tagarelar no ouvido dele.

— Por que não tá lá dentro?

— O jantar só fica pronto às sete e meia, e o Waylon tava choramingando na porta.

— O horário foi de propósito, né?

Wes sorriu. Os Ryder eram experientes no Fuso Horário Brooks.

Gus era meu melhor amigo, e eu também era próximo de Wes. Não havia muita diferença de idade, então nós três ficávamos bastante juntos. No entanto, eles eram muito diferentes. De vez em quando, tinha dificuldade de acreditar que fossem parentes, mas um dos denominadores em comum era o quanto amavam a irmã caçula. Só que demonstravam do próprio jeito.

— Waylon! — gritou Wes. — Vamos entrar.

Uma bola branca fofa saltou das árvores e seguiu Wes para dentro de casa.

Fui atingido pelo cheiro de comida caseira. Minha boca já estava salivando, e eu ainda nem tinha visto Emmy.

Um par de pezinhos veio correndo para a porta.

— Tio Brooks! — exclamou Riley ao pular nos meus braços. Eu a joguei para o alto. Ela gritou de empolgação.

— Ei, e eu, criança? — perguntou Wes.

Ela tinha passado direto. Eu amava essa criança.

— Eu já te vi — respondeu Riley.

Andamos até os fundos. Gus estava arrumando a mesa, e Amos trabalhava na cozinha. Rebel Blue tinha uma cozinheira, Ruby, que fazia o café da manhã e o almoço para todo mundo no rancho. Havia uma geladeira e uma despensa para todos os funcionários, e eles ganhavam um dinheiro extra já que precisavam cozinhar nas suas cabanas. Ruby deixava sobras para Amos, mas ele preferia se encarregar da própria comida. Gostava de pôr a mão na massa.

— Oi, Luke — gritou Amos. — Que bom que você veio.

— Imperdível — respondi. — O cheiro tá divino.

— Frango refogado, purê de batata e legumes, tudo a caminho.

— Eu sugeri carne assada — interrompeu Gus.

— Mas a Emmy não come carne vermelha, né? — falei sem pensar. *Droga*. Eu devia saber disso? Será que sempre soube? Foi estranho?

— Não, não come, e Gus devia lembrar — respondeu Amos. — E ele precisa parar de comer carne em toda refeição. — Ele olhou feio para o filho. — Você tá ficando velho, e o seu colesterol não é mais como antes.

Sufoquei uma risada.

— Tenho trinta e quatro anos! — exclamou Gus.

— Pai, você é *tão* velho assim? — perguntou Riley.

Todo mundo riu, menos Gus.

Naquele momento, a porta dos fundos deslizou, e Emmy entrou. Ainda bem que eu ainda segurava Riley, ou provavelmente teria caído de joelhos.

Que linda. Será que haveria um momento em que Emmy não fizesse meu coração ir de zero a cem em segundos?

Seu cabelo estava preso, sem cair no rosto. Vestia uma blusa velha e desbotada do Broncos, com gola olímpica, e um short jeans. Acho que era a primeira vez desde quando voltou que não estava usando bota, apenas uma sandália que tirou quando passou pela porta.

— Oi, Batatinha — gritou Amos da cozinha.

Emmy bateu uma continência debochada. Ela levou um segundo para notar Riley e eu, aí seus olhos pararam em nós por tempo demais.

Isso me deu uma sensação estranha no peito.

Talvez eu devesse tomar algum remédio ou algo assim.

Pela visão periférica, percebi Teddy entrar, mas ainda estava olhando Emmy enquanto ela abraçava Wes. Quando desviei deles, notei Teddy me encarando com uma expressão convencida.

Era a segunda vez que ela me pegava olhando o que não deveria: Emmy.

— Oi, Brooks — cumprimentou Teddy, entretida.

— Teddy.

Assenti para ela.

— Você tá bonito. Algum motivo especial pra ter abandonado as camisetas surradas e o boné favorito?

Cruel. Teddy era cruel.

— Tem algum motivo especial pra você não respeitar o

seu banimento perpétuo de Rebel Blue? — interrompeu Gus antes que Teddy pudesse jogar outro míssil em mim.

— Aham, te assassinar enquanto dorme.

O tom de Teddy ficou enjoativamente doce, aquele reservado apenas para insultos.

— Gostaria de lembrar a todos que há ouvidinhos aqui.

Isso foi Emmy. Olhei para ela, ao lado de Wes, com os braços cruzados. Seus olhos estavam em Teddy, e parecia estar gritando mentalmente com a amiga.

Considerando o quanto eram próximas, eu não ficaria surpreso se Teddy pudesse ouvir.

— Pai, o que é assassinar? — perguntou Riley.

— Assinar é escrever seu nome, raio de sol — respondeu Gus na hora. Uau, ele era rápido.

— Por que a Teddy quer assinar seu nome?

— Porque ela se acha engraçada.

— A Teddy *é* engraçada — falou Riley, bem resoluta para uma criança de quatro anos.

Todo mundo riu de Gus. Ele parecia ter sofrido a pior das traições.

Amos bateu palmas na cozinha, chamando a atenção geral.

— Depois dessa, vamos comer. Podem levar os pratos pra mesa.

Pus Riley no chão, e ela correu para o avô. Ele serviu a salada para ela. Comecei a andar, mas Emmy esbarrou no meu ombro. Seu toque me paralisou. Olhei para ela. Estava dando um sorrisinho.

— Oi — falou.

— Oi.

Ela entrelaçou nossos mindinhos por meio segundo antes de continuar até a cozinha, parar ao lado do pai, erguer as mãos e dizer:

— Manda aí, paizinho.

Amos entregou uma tigela enorme de purê de batata. Seu prato favorito.

Ao contrário do que achava, aparentemente eu armazenei muitas informações sobre Emmy durante os anos.

Sentamos nos lugares habituais à mesa. Fiquei ao lado de Wes, que estava ao lado de Riley. Emmy sentou na minha frente, e Teddy pegou o lugar à direita dela. Amos e Gus ficaram nas pontas. Era fisicamente impossível não olhar para Emmy. Torci para ninguém notar os nossos eventuais sorrisinhos tolos.

Conversamos por um tempo. Gus atualizou Amos sobre umas operações do rancho: estimativas para a temporada de empacotamento, quais funcionários continuariam no inverno e os novos bezerros. Wes falou sobre irrigação e cercas.

— Emmy, como vão as coisas no estábulo? Maple tá acomodada? — perguntou Amos.

— Sim, ela tá bem. A veterinária vem nas próximas semanas pro check-up de fim de verão de todo mundo. Ela também vai cuidar dos cavalos alojados.

— Tem algo com que a gente deva se preocupar?

— A pele da Whiskey anda muito seca, então tá numa dieta preventiva de alto teor proteico.

Whiskey pertencia à mãe de Emmy. Uma égua velha, mas ainda saudável.

— Bom. Que mais?

— Nada. Brooks faz um bom trabalho. Todos bem-cuidados.

Um elogio simples que me fez sentir como se tivesse ganhado o prêmio Nobel, por vir de Emmy.

Amos se virou para mim.

— Alguma novidade, Luke?

— Não, senhor. A última aula de equitação do verão é no sábado, e a partir de novembro vai continuar no picadeiro.
— Me atrapalhei em certas palavras.
— Bom. Teddy, acredito que você não tenha nenhuma informação pra mim? — Amos quis garantir que ninguém ficasse de fora.

Gus grunhiu.

— Nada relacionado diretamente ao rancho, senhor — respondeu Teddy, sorrindo.

Vi Emmy chutar a perna da amiga embaixo da mesa. Amos as encarou por um minuto, claramente confuso, mas deixou para lá.

— Tudo bem. Vocês sabem que nos reunimos porque estamos considerando seriamente criar um hotel-fazenda em Rebel Blue. Alguém vota contra?

Os irmãos Ryder balançaram a cabeça.

Wes estava radiante.

— Weston, o projeto é seu. Deve nos entregar um orçamento e uma proposta até o fim da próxima semana. Combinado?

— Combinado.

A empolgação dele era nítida. Amos acenou firmemente com a cabeça.

— Se os números não forem bons, não vamos adiante. Caso contrário, vamos esperar que você assuma o comando do começo ao fim. Tá pronto?

— Sim, pai. Tô pronto.

Não havia dúvida de que Wes arrasaria.

— É isso. — Amos pegou a cerveja. — Um brinde ao hotel-fazenda Rebel Blue.

— Um brinde — todos disseram ao erguer os copos, incluindo Riley e seu suco de uva.

— Ei, Teddy. Pode me ajudar a encontrar alguém pra redecorar o Casarão?

— Sabe que sou designer de moda, né? Não de interiores?

— Jura? Mas você é, tipo, do meio e bem relacionada e tal. Vai encontrar a melhor pessoa. Quero que fique original.

Teddy refletiu a respeito.

— Sim, na verdade eu conheço alguém que seria ótima nisso. Vou falar com ela e ver se tá disponível. Quando começa?

— Se não houver nenhum contratempo... — Wes deu uma boa olhada em Gus. — Depois que nascerem as novas ninhadas.

— Beleza. Te mantenho atualizado.

— Valeu, Teddy.

O fim do jantar foi legal. Com o negócio encerrado, a conversa fluiu. Depois da sobremesa, a famosa torta de pêssego de Amos, fomos para a sala de estar. Emmy e eu ficamos no mesmo sofá, algo que não escapou dos olhos observadores de Teddy, e tive que me concentrar ao máximo para não tocar Emmy.

Quando o relógio no corredor bateu nove e meia, Gus levantou da cadeira. Riley já dormia no seu colo, com os braços no pescoço dele.

— É melhor a gente ir pra eu botar essa garotinha na cama. Obrigado pelo jantar, pai.

Amos apertou a mão do filho quando ele passou pela cadeira em direção à porta da frente.

Alguns minutos depois, Teddy se aprontou para sair.

— Teddy, guardei alguns pratos na geladeira pro seu pai. Tem bastante até pra enfermeira dele — falou Amos.

— Obrigada, sr. Ryder. Ele vai gostar disso.

Eu não sabia muito sobre o pai de Teddy, mas ele e Amos tinham sido amigos por muito tempo. Ambos foram pais solteiros que estavam apenas tentando fazer o melhor para a família.

— Diz que vou vê-lo no sábado, tá bom?

— Sim, senhor.

— Wes, ajude a Teddy a levar toda a comida pro carro.

Wes, deitado no chão com o chapéu de caubói no rosto, suspirou e levantou.

— Que drama, hein? — disse Emmy, rindo.

— Eu estava quase dormindo — respondeu Wes, bocejando.

Emmy abraçou Teddy antes de ela e Wes irem à cozinha e para fora.

Teddy estava comentando sobre a tal designer de interiores.

— Eu devia voltar pra cabana também.

Emmy beijou o pai na bochecha.

— Luke, acompanhe a Emmy, ok?

Olhei para ela. Parecia não saber como responder. Eu não sabia também.

— Pai, são quinhentos metros.

— Tá um breu lá fora, e não consegui pôr luzes no caminho. Que tal dar um pouco de paz ao seu velho, hein? Luke não se importa. Não é?

— Nem um pouco, senhor.

— Bom — respondeu Amos. A expressão de Emmy era indecifrável. Ela estava... nervosa, talvez? — Boa noite, Luke. Boa noite, Batatinha.

— Boa noite, pai.

Emmy e eu fomos à porta. Eu abri, e ela passou primeiro. Andamos em silêncio por um minuto até eu entrelaçar nossos dedos e apertar sua mão.

Ela retribuiu o gesto.

— Você se divertiu hoje?

— Sim, bastante. Meu primeiro jantar em família desde que voltei. Senti saudade.

— Seu pai estava radiante. Acho que sentiu sua falta também.

Ela ficou em silêncio. Será que disse a coisa errada?

— Posso fazer uma pergunta? — falou ela, por fim.

— Manda.

— Já vou avisando que não tô te pedindo nada, mas o que é isso pra você? Só tá pegando a irmã caçula do seu melhor amigo?

Tive que me esforçar muito para não me ofender. Na verdade, eu não sabia como fazer isso. Não sabia como dar a Emmy o que ela precisava ou como estar em qualquer tipo de relacionamento. Nunca tinha assumido compromisso.

Nunca quis nem tentar, mas tudo era diferente com Emmy.

O que me assustava para caralho.

— Nossa, não. Emmy, eu nunca faria isso, você não é só com quem tô ficando. Quero aproveitar o tempo junto. Tá bom?

Silêncio de novo.

Estávamos chegando à cabana. Eu podia ver a luz da varanda.

Ela não disse nada até estar na porta.

— Tá bom — falou, baixo. — Quero passar tempo com você também.

Eu me virei.

— Sério, Emmy. Não sei quando aconteceu, mas gosto de você. Muito mais do que deveria, e sei que seria melhor evitar isso porque um milhão de coisas podem dar errado, mas você faz eu me sentir muito *bem*.

Ela me encarou.

— Tá bom.

— Beleza.

Pus os nós dos dedos no seu queixo para erguer sua cabeça e beijar sua testa. Emmy se aconchegou nos meus braços, e eu a segurei por um minuto. Ela se encaixava como se tivesse sido feita para mim. Gostaria de pensar que isso era verdade.

Queria dizer o quanto ela era importante para mim, o quanto as últimas semanas haviam sido importantes para mim, mas não conseguia. Ainda não.

Não quando tudo poderia sumir a qualquer momento. Ela poderia acordar amanhã e decidir que eu não passava daquela criança problemática e que não valia seu tempo.

Eu nem tinha certeza se ela pretendia ficar em Meadowlark. Poderia voltar para Denver antes de eu saber da partida.

E Gus me mataria se descobrisse sobre nós. Isso era uma possibilidade.

— Eu vou deitar — falou ela. — Preciso descansar pra comemorar o aniversário da Teddy em grande estilo amanhã.

Dei risada, mas não soltei Emmy.

— Teddy não faz nada só por fazer, né?

Emmy fez que não.

— Te vejo no sábado? Na aula da Riley.

— Tá bom — respondi.

Eu não queria que acabasse. Desejava Emmy demais. Enlouqueci por não poder ficar perto dela a noite toda. Tão perfeita de shortinho. Era como se tudo nela fosse feito para me levar à loucura.

Emmy se afastou, abriu a porta e se virou para mim.

— Também gosto de você, Luke. — As palavras me atingiram com força e me deixaram sem fôlego. — Boa noite.

Não desfiz o nó da língua rápido o suficiente.

— Boa noite — respondi segundos depois de ela fechar a porta. *Que legal.*

Comecei a andar atordoado até o Casarão. Parei para olhar o imenso céu noturno de Wyoming. Era incrível quantas estrelas havia lá em cima.

Eu não conseguia acreditar que, com o tamanho do universo, fui enviado a essa pedra aleatória flutuante ao mesmo tempo que Clementine Ryder.

Antes de perceber o que fazia, voltei para a cabana o mais rápido possível.

Eu queria Emmy, e nunca ia deixá-la escapar de mim.

Dezesseis

EMMY

Foi ótimo dar boa-noite a Brooks. Uma decisão inteligente. Depois de encará-lo a noite toda, sinceramente havia sido um milagre não arrancar as roupas assim que saímos pela porta dos fundos.

A primeira coisa que vi quando entrei no Casarão foi Brooks segurando minha sobrinha querida naqueles braços. Meu útero até coçou.

E nem vou comentar sobre o cabelo. Como ele gostava muito de bonés, dava a impressão de que estava escondendo uma calvície ou algo assim, mas não era o caso. Sem nenhuma mísera entrada, ele ficava igualmente bonito com ou sem chapéu.

Não era segredo que Brooks de boné para trás fosse minha criptonita, mas a visão da sua cabeça cheia de mechas escuras me abalou essa noite.

Salivar com a aparência de Brooks? Esperado. Um hábito desde sempre, até quando não gostava dele. Brooks dizer que gostava de mim? Inesperado. Eu acreditar nisso? Também, mas não ia reclamar.

Que expressão intensa e sincera. Não havia como não acreditar nele.

Será que fui estúpida deixando ele ir embora? Aquele

poderia ter sido um momento decisivo. Desses aparentemente insignificantes, mas que acabam se tornando grandiosos. E mudam o curso da vida e alteram sua trajetória.

Eu queria isso. Um novo caminho.

Desejava Brooks.

Nem pensei antes de escancarar a porta, pronta para ir atrás dele.

Mas o encontrei ali. Seu peito batia pesado como se tivesse voltado correndo, o braço erguido prestes a dar uma batida.

Nós nos encaramos, e decidi que *este* era o momento. Não o que poderia ter sido se não tivesse fechado a porta, mas um melhor: o instante para o qual ambos escolhemos voltar.

Remoía esse pensamento quando Brooks disse:

— Não consigo mais ficar longe de você.

Ele deu um passo, segurou meu rosto e me beijou com vontade. Quando seus lábios encostaram, não pensei em nada.

Agarrei sua camisa e tentei me aproximar o quanto fosse humanamente possível. Ele começou a me empurrar pela porta, e deixei rolar. Fiquei desesperada para descobrir aonde isso nos levaria.

Ele fechou a porta com o pé. Tirou as mãos do meu rosto e deslizou pelo meu corpo: pescoço, seios e cintura, até agarrar a bunda e me tirar do chão. Tratei de enrolar as pernas no seu quadril.

Brooks girou, encostando minhas costas contra a porta. Sua língua ia cada vez mais fundo. Eu queria que tomasse tudo. Tirei a mão da camisa e passei no seu cabelo grosso.

Meu Deus, eu queria Luke.

Com esforço, afastei minha boca. Ele não se abalou. Apenas continuou beijando meu pescoço. Soltei um gemido baixo. Era como se ele soubesse exatamente onde me tocar.

— Luke — falei, ofegante. Ele não respondeu, pegando

mais na minha bunda. As mãos não estavam mais no short, mas por baixo. Pele com pele, a sensação foi maravilhosa. — Luke — repeti. Ele se afastou dessa vez. Seus olhos soltavam faísca.

— Quer parar?

— Não, eu... — Eu me atrapalhei um pouco. — Não para. Preciso disso.

O fogo nos seus olhos crescia.

— Certeza?

— Aham.

Verdade. Eu não lembrava a última vez que tive tanta confiança.

— Tô sem proteção.

Luke Brooks não andava por aí com uma caixa gigante de camisinhas? Que decepção para todos.

— Tenho DIU. E passei na médica antes de sair de Denver. Tudo certo.

— Também.

Graças a Deus.

— Tem certeza? Não quero te pressionar.

— Juro. Quero fazer isso. Quero *você*.

Segurei seu rosto enquanto falava, sua barba por fazer arranhando minhas mãos do jeito mais gostoso possível.

— Se mudar de ideia, me fala na hora, tá bom?

Ele virou a cabeça para beijar gentilmente uma das minhas palmas.

— Não vou — garanti.

— Promete que vai falar se mudar de ideia.

A voz soou firme. Amei.

— Combinado.

Ele respirou fundo, como se pudesse perder o autocontrole.

— Nossa, Emmy. Eu te quero tanto.

— Então vai.

Ele não pensou duas vezes. Pôs a boca na minha e me carregou para a cama.

Sou uma mulher alta, e a maioria dos homens com quem tinha transado não eram muito maiores. Nem ligava até ficar com Luke. O jeito que ele conseguia me pegar dava um tesão do cacete.

Antes de chegar à cama, ele me pôs no chão.

— Tira a roupa — ordenou com a voz baixa e grave, o que me atingiu em cheio. — Quero te ver.

Ele deu alguns passos para trás, seu pau marcando na calça jeans.

Perceber o quanto ele me desejava me deu uma confiança incomum.

Comecei com a blusa. Havia uma regatinha por baixo, sem sutiã.

— Tira a camiseta — pedi a Brooks.

Minha voz soou irreconhecível. Brooks obedeceu imediatamente, arrancando a peça preta. Os músculos definidos da barriga e do peito eram levemente cobertos por pelos escuros. Um clichê, mas eu só eu tinha ficado com garotos. Luke era um homão da porra.

— Continua, Emmy. Preciso te ver.

Desabotoei o short, deslizando pela perna. Lembrei da nascente e de como fiquei nervosa só de biquíni. Agora mal podia esperar para que Brooks visse tudo.

Tirei o top, e Brooks soltou um barulho baixo. Eu nunca tinha entendido a frase "seus olhos escureceram", presente em todos os livros de romance que Teddy me emprestava, até o momento.

Seu olhar era dominador. Brooks andou até mim, mas o parei com o braço. Ele ficou imóvel na hora.

— Sua calça. Tira.

Aquelas mãos largas foram para o cinto, e o maxilar ficou tenso.

— Essa é a última ordem que você dá — declarou ele. Porra, imaginei que seria assim na cama. — Eu mando hoje. Entendeu?

Tudo nele era dominador.

Apenas assenti. Queria que ele assumisse o controle. Eu confiava em Luke para cuidar de mim.

— Fiz uma pergunta, gatinha.

Eu não escaparia com um simples aceno de cabeça.

— S-sim. Entendi.

— Ótimo.

Ele desfivelou o cinto, descendo a calça até o fim. O pau estava duro na cueca.

— Não olha pro meu pau assim, gatinha.

Encarei Brooks.

— Assim c-como?

— Como se fosse pra te pôr de joelho e meter na sua garganta. — *Jesus.* Lambi os lábios sem tirar os olhos dele. — Gosta disso, gata? Meu pau na sua boquinha gostosa?

Pois é. Com certeza ia gostar disso.

Assenti.

Logo ele estava em cima de mim, segurando meu pescoço e me devorando com beijos. Ele me levantou antes de sentar na cama, para que eu ficasse no colo dele. Sentia na minha calcinha azul como ele estava com tesão. E fiquei tão molhada que foi quase constrangedor.

Me esfreguei nele, e Brooks gemeu.

— Puta merda. Você é perfeita pra caralho — disse encostando nos meus lábios. Só continuei roçando nele, desejando que não houvesse nenhuma barreira, mas não queria parar. Era tão *bom*. Eu ia gozar logo. Ele deslizou as mãos pelas minhas costas. — Tá gostoso, gatinha? Passar a buceta no meu pau todo?

— Sim — gemi. Ele mordiscou meu pescoço. Soltei quase um grito, e ele lambeu a mordida.

— Continua, Emmy. Goza assim.

Bom, se ele estava mandando. Comecei a me mexer mais rápido. Que delícia. Apoiei no ombro dele para me equilibrar. Nossa, eu estava sentindo muitas coisas de uma vez só. Não lembrava a última vez em que fiquei tão excitada.

Ou a última vez em que me senti tão desejada e adorada.

— Isso aí, gatinha. Continua cavalgando. — O incentivo me deu mais vontade. Igual a mão na minha bunda e a outra no peito. — Tão perfeita. Tô sentindo como tá molhada. — Eu estava bem perto. Cavalguei mais rápido, perseguindo o que ele estava me oferecendo. Quando deu um tapinha na minha bunda, o ritmo foi embora, e continuei montando nele sem nenhuma outra preocupação.

— Quase. Vai, gata, goza pra mim.

Segundos depois, eu estava me desfazendo na costura da roupa. Tremi conforme o prazer se espalhava. Eu nunca tinha tido um orgasmo tão forte, e ninguém nem ficou pelado.

Olhei para Brooks, vidrado em mim. Ele segurou meu cabelo e me beijou. Foi quente e áspero.

— Você fica tão linda quando goza. — Ele me jogou na cama. Literalmente. — Mal posso esperar pra ver de novo.

De pé na beira da cama, finalmente tirou a cueca. O pau pulou para fora. Eu pude sentir que era grande, mas assim era diferente. Não via a hora de ele estar dentro de mim.

Luke subiu na cama e engatinhou até ficar por cima. O modo como seus músculos se flexionavam quase me desmontou. Ele parou na minha barriga para lamber tudo da cintura aos peitos.

Passou a língua pelo meu mamilo esquerdo, e minhas costas se ergueram da cama. Brooks deu uma mordidinha antes de passar para o outro lado. Ele ia e voltava enquanto a mão descia.

Passou o polegar no meu clitóris, ainda na calcinha, e eu tive um espasmo.

— Que gatinha sensível.

— Um pouco — eu arfei. Ele apenas pôs a minha calcinha para o lado e enfiou um dedo. Nós dois gememos.

— *Porra*, você tá muito molhada. Tudo por minha causa?

Soltei um som facilmente entendível como sim, porque ele pôs outro dedo. O barulho da sua mão metendo em mim era obsceno.

Eu estava muito perto de gozar de novo, com aquilo e a boca no meu peito. Não costumava ser desse jeito. Não sabia como lidar com isso. Ele foi lambendo meu pescoço antes de me beijar de novo. Quando se afastou, também tirou os dedos, e meu corpo latejou com a falta dele. Luke me encarou de cima enquanto chupava os próprios dedos.

Fechou os olhos, saboreando o gosto. Depois tirou a mão da boca dando um estalo sensual.

— Quer provar? — perguntou.

Ficar com Luke era erótico e libertador. Eu nunca tinha feito nada do tipo.

Para minha própria surpresa, fiz que sim.

Ele enfiou os dedos em mim e meteu algumas vezes. Quase saí da cama, e comecei a rebolar, mas ele tirou a mão de novo. Meu Deus, que frustrante.

Ele esfregou meus lábios antes de enfiar na minha boca.

— Chupa — ordenou. Eu lambi meu fluido na pele dele como se fosse enlouquecer. — Boa garota.

O calor que me inundou foi inesperado, mas veio em boa hora.

— Gostoso igual a um sonho. Quero mais.

Ele começou a descer de novo, ficando entre minhas pernas e pondo uma no seu ombro. Estava me arreganhando como se eu fosse um banquete individual.

— Luke...

— Oi, gata?

— Não precisa fazer isso. — A insegurança que às vezes surgia no sexo botou as asinhas de fora.

— Chupar a sua buceta perfeita?

No meio das minhas pernas, ele ergueu os olhos, e quis poder tirar uma foto. Fiquei vermelha. Eu tinha tirado a roupa, me esfregado no pau até gozar e chupado meu próprio gosto dos dedos dele, mas isso me dava vergonha?

— É, aham.

— Eu quero. Muito. Mas não vou fazer se não estiver confortável.

— Não é isso.

Ele me analisou, esperando que eu prosseguisse.

— Fala comigo, gatinha.

— Nunca, nunca g-gozei assim, então melhor não perder tempo.

Meus parceiros sexuais agiam como se o sexo oral fosse apenas a última parada antes de me comerem, o que sempre me brochou.

— Perder tempo? — Ele parecia... irritado? — Não sei com que tipo de homem você tem dormido, gatinha, mas cair de boca na sua buceta perfeita sempre vai valer cada segundo.

Engoli em seco e senti mais calor.

— Vamos fazer o seguinte. Se estiver tudo bem, me deixa te comer com a língua por alguns minutos. Se não curtir, a gente deixa pra lá. Beleza?

Isso soou... coerente.

— Beleza.

Mesmo já sabendo o que esperar. Sempre foi assim.

— Me dá um travesseiro e levanta o quadril.

Obedeci. Ele deslizou o travesseiro embaixo do meu quadril. E continuou me encarando ao abocanhar a minha buceta e dar uma longa lambida por toda a abertura. Então fez exatamente como prometido: caiu de boca.

Ele enfiou os dedos enquanto a língua girava no meu clitóris. Como quando estava roçando nele, Luke usou a boca para imitar a pressão. Com tudo isso, o prazer começou a subir pelo corpo.

Isso nunca acontecia comigo.

Puta merda.

Em geral, eu gozava ficando por cima, estimulando o clitóris — ou simplesmente não gozava e cuidava disso depois.

Luke continuou. Que homem determinado, nada ia pará-lo. Eu segurava seu cabelo — pelo visto, um dos lugares favoritos das minhas mãos —, meu quadril começou a se mexer e todas as sensações eram demais. Estava gemendo alto e nada fazia sentido, mas não liguei.

— Ah... Luke... eu vou...

Notei que ele estava se masturbando com o colchão.

Será que isso... estava deixando Luke excitado? Era real?

Este pensamento — Luke com tesão por me dar prazer — me levou ao limite. Gozei ao ser chupada, uma coisa inédita. Não por alguém qualquer, mas por Luke Brooks.

Com certeza esse homem tinha poderes mágicos.

Ele me olhou e lambeu os lábios antes de se arrastar até meu corpo e me beijar com vontade. Não estava em cima de mim, isso não ia funcionar. Eu queria ficar embaixo do seu peso todo. Pus as mãos no seu quadril, puxando na minha direção.

Chegamos a ofegar quando o pau encostou em mim.

— Preciso de você aqui dentro.

Ele acariciou meu maxilar.

— Que gulosa, gozou na minha língua e agora quer gozar no meu pau?

— Quero, por favor, Luke. Por favor.

— Porra, amor. Você implorando vai me fazer gozar.

— Então é melhor me comer.

Luke me beijou de novo.

— Que ansiosa.

Fiquei assim mesmo. Não ligava. Luke esticou o braço e posicionou o pau para entrar. Ele olhou para mim na hora de penetrar. Caralho. Que grande. Só a cabeça era maior do que eu estava acostumada.

— Você é muito grande.

— Você aguenta, gatinha. Vou devagar.

Assenti.

Ele tirou tudo e meteu de novo, um pouquinho mais fundo, e fui relaxando. E de novo, de novo e de novo.

Por fim, o pau estava completamente dentro de mim. Com o travesseiro ainda por baixo, permitindo que fosse até o fim. Ele gemeu no meu pescoço. Meu Deus, me acostumar com o tamanho ia demorar um pouco.

— Você no meu pau é tão gostoso.

Isso também era novidade. Em geral, quando um cara tentava falar sacanagem comigo, ficava esquisito. Mas as palavras obscenas de Luke só me deixavam mais excitada, o que eu nem sabia que era possível.

— Que tesão.

Enquanto estávamos transando, eu sentia tudo. Cada sensação era amplificada — o ar frio na pele, a queimação suave da barba por fazer, o modo como o cabelo na testa de Luke encostava nas minhas bochechas.

— Nossa, você é perfeita.

Comecei a mexer o quadril, tentando fazer com que Luke me acompanhasse.

— Me dá um segundo, amor — pediu, ofegante. — Isso tem que durar.

Puxei sua boca e o beijei, entrelaçando nossas línguas. Depois do que pareceu uma eternidade, Luke pôs o pau rapidamente para fora e penetrou devagarzinho. Ele repetiu. E, de novo, aumentando a velocidade.

— Cacete, Luke. Isso. Isso.

— Emmy, você foi feita pra mim.

Ele encontrou o ritmo e me fodeu sem parar. Os sinais do orgasmo foram abrindo caminho enquanto Luke me comia. Ia acontecer. Esse homem ia me fazer gozar três vezes, algo sem precedente.

— Goza de novo, gatinha. Quero te sentir gozar enquanto tá no meu pau. Faz isso por mim?

— A-aham.

Como se soubesse exatamente do que eu precisava, Luke manteve o ritmo, mas aumentou a intensidade, quase fazendo a cama andar. O prazer atingiu o ápice, e gozei gritando.

Depois do orgasmo, Luke foi mais rápido e me comeu com força. Eu me agarrei nos seus ombros, sobrecarregada pelas sensações. Cada nervo estava vivo.

— Nossa, mal posso esperar pra gozar em você — falou com a voz áspera.

Eu também. Queria aproveitar isso. E sentir *Luke*.

— Por favor — implorei. — Tô precisando.

Então ele foi enfiando o pau mais devagar, sem controle. Ele estava quase.

— Goza dentro, Luke.

Ele soltou um gemido, e seu corpo tremeu enquanto esvaziava.

Luke caiu em cima de mim e enterrou o rosto no meu pescoço.

— Puta que pariu — falou antes de rolar para eu ficar por cima.

Deitei a cabeça no seu peito e escutei as batidas do seu coração começarem a desacelerar, como um tambor.

— Foi incrível.

— Você é incrível. Eu te comeria toda hora, todo dia e nunca ia cansar.

— Promete? — Ergui a cabeça para olhá-lo. Luke pós-sexo deveria estar num museu. Com o cabelo escuro bagunçado, e os olhos castanhos brilhantes e intensos. O sorriso ia até os olhos, sumindo nas rugas. Eu tinha uma queda enorme por essas ruguinhas.

— É o que você quer?

— Não ia me importar.

E não ia mesmo. Não que achasse que só tinha tido transas ruins antes, mas não sobrou tanta certeza depois de Luke.

Ele estava deslizando os dedos gentilmente pelas minhas costas.

— Não acredito que isso aconteceu. Minha versão de treze anos estaria nas nuvens agora.

O peito de Luke vibrou com uma risada.

— É? Ela era minha fã?
— Uma fã da sua aparência, sim.
— Ai.
— Não se preocupa, a de vinte e sete anos te acha menos irritante.

Eu me apoiei nos cotovelos para beijá-lo. Ele pôs a mão na minha nuca, segurando com carinho. Foi devagar e explorou todos os cantos. Nosso primeiro beijo assim. Não seria o último.

Uma hora mais tarde, depois de uma pausa no banheiro, com mais pessoas do que permitia o meu box, e outro orgasmo para cada, adormeci nos braços de Luke.
Pela primeira vez em muito tempo, eu me senti segura.

Dezessete

EMMY

Acordei com o sol brilhando pela janela. Levei um minuto para perceber que o peso na minha cintura era um braço humano. Demorou outro para lembrar a quem pertencia.

Dormi com Luke Brooks.

E foi incrível para cacete.

Ele deve ter sentido eu me mexer porque me abraçou forte antes de beijar minha nuca.

— Bom dia, gata.

Caramba, sua voz matinal com certeza era a mais excitante de todas as vozes.

— Bom dia. — Virei o pescoço apenas o suficiente para ganhar um selinho. — Dormiu bem?

— Como uma pedra. E você?

— Também, mas tinha um caubói enorme abraçado em mim.

— Ah, é?

Ele continuou beijando meu pescoço, e a mão começou a fazer carinho até a minha costela.

— É — respondi. — Foi como dividir a cama com uma jiboia.

Senti seu peito se mexer ao dar uma risadinha nas minhas costas.

— Deve ser um caubói carente.

Ele passou para debaixo da blusa que eu tinha vestido antes de cair no sono. Mais longe agora, foi do meu tronco até os seios, rondando bem acima da calcinha antes de voltar para a cintura e recomeçar os movimentos.

E eu que era a provocadora?

Os beijos foram da minha nuca até o ouvido, e senti por trás Luke ficando duro.

— Você é um caubói carente mesmo — falei, sem fôlego, ficando mais excitada a cada segundo.

— Disse a mulher que tá empurrando a bunda no meu pau às sete horas da manhã.

— Você que começou.

— E também pretendo terminar.

Meu Deus, essa *voz*. Eu devia obrigar Brooks a ler cenas em voz alta de um dos livros que Teddy e eu terminamos no mês passado. Ele continuou os carinhos lentos e frustrantes, cada vez mais perto de onde eu queria.

Depois de uma eternidade, seu dedo mindinho finalmente desceu até o fim da calcinha, mas sua mão continuou se movendo.

Eu também podia jogar esse jogo.

Arqueei as costas e empurrei a bunda contra a ereção. Ele fez barulho. *Bom.*

Ao voltar para a calcinha, ele deixou a mão enfiada lá.

— Você ficou tão molhada pra mim. — Ele começou a brincar com meu clitóris. — Molhada pra cacete.

Ele enfiou dois dedos, mas continuou estimulando o clitóris com a palma enquanto seus dedos entravam e saíam.

Meu quadril foi se mexendo por vontade própria, e Luke começou a se esfregar com mais força na minha bunda. Porra. Eu já estava pedindo arrego.

— Isso aí, gata. Fode a minha mão.

Gemi.

— Luke, preciso de você aqui dentro.

— Implora por mim de novo.

Seu efeito sobre mim era quase constrangedor. Eu ia implorar o quanto ele quisesse.

— Dentro, por favor.

— Caralho, você fica linda implorando. Eu consigo gozar só com isso.

Ele recolheu a mão, e odiei isso. Abriu um pouco de espaço, apenas o suficiente para tirar a cueca. Tirei a roupa ao mesmo tempo. Em um segundo, ele me encoxou, levando o braço por baixo para agarrar meu seio. Eu podia sentir o pau duro nas minhas costas. Luke deslizou os dedos pelas minha coluna, deixando calor e arrepios pelo rastro, depois pela minha bunda e entre as pernas. Ele ergueu minha perna e enfiou o braço no meu joelho dobrado.

— Posso te comer assim, amor?

— Você pode me comer do jeito que quiser.

Eu estava falando muito sério.

Ele se encaixou devagar por trás. Fazia menos de cinco horas desde a última vez que transamos, e parecia tempo demais.

— Nossa, não acredito que você me deixa foder direto na buceta.

Esse homem e sua boca suja. Ele começou a se mexer atrás de mim, e o braço que segurava minha perna foi passar no clitóris.

Ele me fodia e fazia carinho ao mesmo tempo, os dedos e o pau trabalhando em sincronia para deixar a minha mente vazia. Eu não sabia o que era em cima ou embaixo. Apenas queria que nunca acabasse.

— Isso, Luke. Ah, meu Deus. Isso — choraminguei.

— Você gosta desse jeito?

— Sim. Sim.

Quando ele estava dentro, monossílabos eram a única opção. Meu corpo todo começou a se contrair enquanto Luke me penetrava com força. Soltei um gritinho.

— Isso aí, Emmy. Meu pau é seu. Toda vez. Por quanto tempo quiser. — Eu estava quase lá. Perto pra caramba, e ele sabia. — Fala, gatinha. Diz o que precisa e eu te dou.

Me ajeitei para ficar em cima da mão dele no meu clitóris. Pus mais força, e fui roçando o quadril no dele.

— Porra, Emmy.

A gente estava mais e mais desesperado. As palavras de Luke se transformaram em gemidos, e eu me desfiz num orgasmo. Ele voltou a me encoxar, mas manteve os dedos no clitóris e me acariciou enquanto eu gozava, onda após onda.

Alguns minutos depois, voltamos do êxtase. Luke se agarrou em mim. Nossos corpos estavam pegajosos de suor. Eu me virei. Havia um sorriso preguiçoso no seu rosto que me fez querer me jogar em cima dele... de novo.

Luke ergueu a mão para pôr meu cabelo atrás da orelha.

— Você é diferente, Emmy Ryder.

Seu olhar estava suave e contente. Como se ele tivesse vontade de ficar aqui comigo o dia todo. Isso virou meu coração de cabeça para baixo.

Se eu não tomasse cuidado, poderia me apaixonar perdidamente por esse homem sem perceber.

Saímos da nossa bolha por causa de um barulho na porta da cabana. Por que as pessoas estavam sempre batendo?

— Emmy? Tá acordada? — A voz de Wes. Merda. Merda. *Merda*. Luke e eu nos entreolhamos, perdidos. — Emmy?

Entrei em ação, tirando o cobertor e pulando da cama. Luke me seguiu. Achei uma camiseta no chão e passei pela cabeça, vestindo também um short de pijama.

— Se esconde no banheiro. Agora — falei para Luke enquanto ele dava pulinhos para entrar na calça jeans.

Tudo que ele fazia era excitante.

Fui em direção à porta.

— Ei — Luke deu um sussurro meio gritado. Eu me virei, e ele me deu um selinho antes de um sorriso que derreteu meu coração. — Beleza, pode ir agora.

Aí lembrei do que ele estava falando. Ah, sim, meu irmão lá fora.

— Um segundo! — gritei.

Esperei ouvir a porta do banheiro fechar antes de deixar Wes entrar.

— Bom dia, luz do dia — ele falou com uma pitada de sarcasmo por causa da minha aparência. *Droga*. Eu nem tinha me olhado no espelho. Devia estar parecendo uma ninfomaníaca doida. — Noite longa?

— Por que diz isso?

Torci para soar normal.

— Porque você tá com cara de quem acabou de acordar, e o seu cabelo tá uma bagunça. Tipo, mais do que sempre.

— Ah, sim. Não dormi muito ontem.

O eufemismo do século.

— Dá pra ver. Tentei te ligar.

Opa.

— Esqueci de carregar o celular. O que houve?

— Três funcionários estão com infecção alimentar, fora um monte de cercas quebradas no lado sul do rancho. Que tal ajudar seu irmão favorito?

Eu não tinha estado nessa área desde o retorno.

— Claro. Mas é aniversário da Teddy, então você não vai me arranjar mais nada.

Wes pôs a mão no peito.

— Juro. Nunca atrapalharia a Teddy e o aniversário.

Ele a conhecia há tempo suficiente para saber que este dia era quase um feriado nacional.

— Beleza. Vou me vestir e te encontro no estábulo.

Tradução: por favor, vá embora para eu poder tirar o seu amigo da cabana sem ninguém ver.

— Tá. Vou lá embaixo ver se o Brooks pode ajudar também.

Meu coração parou.

— Ah, ele tá lá embaixo?

Torci para que tivesse soado casual.

— Bem, a caminhonete tá no Casarão, então ele deve ter chegado cedo. Geralmente não fica aqui nas sextas, então tiro vantagem enquanto posso.

Ah, Deus. A caminhonete do Luke. Deixamos seu carro à mostra para a minha família, que acorda literalmente às quatro da manhã, porque são rancheiros.

— Entendi. Te encontro lá embaixo?

— Aham. Valeu, Em.

Bati continência antes de fechar a porta e encostar a cabeça ali.

Que manhã doida.

Luke botou a cabeça para fora do banheiro.

— Tudo certo?

— Tudo certo.

Ele me abraçou pela cintura. Como cheirava tão gostoso de manhã? Perfume de hortelã e... homem. Eu queria pôr Luke num frasco.

— A gente tem que conversar — observou Luke.

— Sobre o quê? — perguntei já prevendo o que viria.

— O seu irmão. Os seus *irmãos*.

— O que tem eles?

— Se vamos fazer isso, não quero que seja um segredo,

Emmy. — O sentimento na sua voz me chutou nos joelhos e me desestabilizou. — Já fui o segredinho proibido antes, e não me importei porque não me importava com essas pessoas, mas me importo com *você*.

O tom foi firme, mas ainda suave e gentil. Ele não ia ser meu segredo, mas eu nem sabia o que era *isso* ainda.

Eu precisava de um tempo.

— Entendo. Só mais um tempinho, tá bom?

O semblante de Luke mudou um pouco, e uma facada na mão devia doer menos. Nos olhamos calmamente em silêncio. Assisti a resposta ser formulada na sua mente.

Por fim, falou:

— Então tá, mas vamos retomar a conversa.

A melhor resposta possível.

— Ok. — Fiquei na ponta dos pés e o beijei. — Você devia ir. Tem que inventar um motivo pra você não estar no estábulo, mas a caminhonete ter ficado aqui, e eu preciso consertar as cercas.

— Valeu pelo lembrete. A gente se fala mais tarde?

— Sim.

Ele me beijou de novo. Como era fácil me deixar levar por ele.

Luke se afastou, encostando apenas a testa na minha.

— Preciso de uma coisa antes.

— O quê? — torci secretamente para que fosse algo obsceno.

— Minha camiseta.

Dezoito

EMMY

Estacionei a caminhonete na calçada de Teddy por volta das quatro da tarde. Recebi instruções explícitas para não trazer nenhuma roupa especial, o que significava que Teddy já tinha algo em mente e não aceitaria o contrário.

Ela amava confeccionar as peças, e era boa nisso. Começou a bordar flores nos bolsos das nossas calças jeans no ensino médio.

Ainda na escola, ela vendia jaquetas vintage reconstruídas na carroceira da caminhonete durante a feira de fazendeiros de Meadowlark.

Já na faculdade, ela se formou em administração, mas mudou de rumo e também concluiu um bacharelado em fashion merchandising.

Uma mulher incrivelmente talentosa e obstinada. Se alguém podia ser bem-sucedido, era Teddy.

Bati à porta. A entrada dos Andersen dava direto na sala de estar, onde Hank, o pai de Teddy, estava na poltrona assistindo *That 70's Show*. O longo cabelo preto havia ficado quase todo grisalho, mas os olhos azuis tinham cada vez mais brilho.

Hank era uma estrela do rock — literalmente. Conheceu a mãe de Teddy numa turnê como baterista. Eles passaram uma noite mágica antes de seguir seus caminhos. Onze meses depois, ela apareceu num show com um bebezinho que ainda nem tinha nome.

De acordo com Hank, ele amou Teddy desde o primeiro momento. Seu nome foi uma homenagem a uma famosa cantora de jazz: Theodora King. Ele largou a banda e levou a neném para uma cidadezinha que havia visitado em turnê alguns anos antes. Arranjou um trabalho, e os dois começaram a vida como uma família de duas pessoas.

A cidade: Meadowlark, Wyoming; o trabalho: no rancho Rebel Blue.

E nunca mais viram a mãe de Teddy.

Eu imagino como seria a minha vida se meu pai não tivesse apostado no baterista com olhos arregalados, uma filha e absolutamente nenhuma experiência como funcionário rural.

— Oi, Emmy. E aí?

A voz rouca soou alegre.

— Tô bem, Hank. E você?

— Sobrevivendo.

Hank não dizia nada em vão. Uma característica que Teddy tinha herdado.

O sr. Andersen costumava viver o bordão "sexo, drogas e rock 'n' roll", resultando em muitos problemas de saúde. Passou a ter assistência médica domiciliar e usava um cilindro de oxigênio.

Por esse motivo, Teddy decidiu voltar para casa depois da faculdade. Ela não quis deixá-lo.

— E tá bem bonito assim. — Teddy apareceu no corredor. Quando fez contato visual comigo, seu olhar ficou afiado. — Você tá particularmente radiante hoje, Clementine. — Minha nossa. Nada passava batido. — O que aprontou ontem?

Pelo visto, ela já sabia.

— Teddy, ela acabou de chegar — interrompeu Hank. Que Deus o abençoe.

— Pois é, Teddy, eu acabei de chegar — falei, inocente. Teddy continuou me encarando com malícia.

— A gente conversa longe do meu pai.

— Agradeço — disse Hank. — Não preciso saber de nenhum namorico entre a Emmy e o Luke Brooks.

Meu queixo caiu e meus olhos ficaram esbugalhados.

— Tá brincando, Teddy?!

— Não falei nada, juro.

Ela deu uma boa olhada e levantou as mãos, enfática.

— Ela não me contou — admitiu Hank antes de se dirigir a Teddy. — Mas você devia fechar a porta quando estiver no telefone.

Bati no rosto, com vontade de desaparecer num buraco. Teddy soltou um "opa" baixinho.

Hank apenas riu. Se deleitava com a habilidade de constranger a gente ao extremo.

— Minha boca é um túmulo, Emmy. Só não mantenha segredo por muito tempo.

Meu Jesus. Será que Hank tinha ouvido minha conversa com Luke também?

— Não vou — respondi.

Tomara que fosse verdade.

— Bem, falando no assunto, pensei que a gente poderia fazer o jantar e a sobremesa junto antes das comemorações da noite.

— Parece ótimo, Ted.

Teddy e eu preparávamos o jantar de aniversário dela todo ano. A tradição começou logo que entramos na faculdade, um dia depois da mudança para o alojamento.

Cozinhamos para os dezoito anos de Teddy com a ajuda de um micro-ondas e uma cafeteira. Resultou na pior massa que qualquer uma já tinha provado, mas nos divertimos tanto que não fazia diferença.

Teddy ajudou o pai a sair da poltrona. Ele teve dificuldade, mas tentou não demonstrar. Assim que ficou de pé, ganhou um beijo de Teddy na bochecha. De braços entrelaçados, eles andaram até a cozinha. Eu fui atrás.

Hank se acomodou na cadeira no canto, e Teddy me abraçou forte.

— Desculpa por te dedurar sem querer pro maior fofoqueiro de Meadowlark.

— Perdoada. — Eu me afastei. — Como se sente com vinte e sete anos?

— Como se estivesse só começando.

Ela me deu seu típico sorrisinho.

Havia todos os ingredientes para cozinhar costeletas de frango e macarrão com molho picante de vodca, seguindo a tradição das massas — mas agora os jantares eram comestíveis.

Fui encarregada do molho, ao passo que Hank misturava com maestria uma salada Caesar pré-pronta, sem que nada interrompesse Teddy e o frango. Por mim, ok. Eu comia frango, só não conseguia nem tocar em qualquer carne crua.

Provocava uma sensação estranha na gengiva. Não fazia sentido para ninguém além de mim, mas Teddy nunca fez caso. Ser uma adulta com problemas sensoriais era esquisito. A textura de uma comida, uma música muito alta e a respiração audível de alguém, tudo isso me deixava fora de controle — como dar uma boa explicação?

Hank pôs Eagles para tocar. "Peaceful Easy Feeling" fluía pelo alto-falante bluetooth, e eu calculei os minutos até o jantar ficar pronto pelo cheiro de alho e cebola.

Existe algo especial na comida e no modo como ela une as pessoas. Por isso, meu pai amava cozinhar, mesmo depois de ter passado o dia todo no rancho. Na minha infância, o jantar precisava ser em família. Tanto Hank quanto Teddy se juntavam a nós pelo menos uma vez por semana depois do expediente dele.

— Como vai o enfardamento de feno, Emmy? — perguntou o sr. Andersen enquanto nos sentávamos à mesa. Hank costumava ser o braço direito do meu pai em Rebel Blue, até que ficou incapacitado fisicamente, então conhecia o cronograma tão bem quanto o próprio Amos Ryder.

— Estamos um pouco atrasados, aí o Gus tá ficando maluco, mas ele vai apresentar um plano semana que vem.

— Ele é um ótimo administrador — observou Hank.

Teddy resmungou.

— Pai, por favor, não começa o discurso de "O Gus é um homem muito bom" no meu aniversário, *por favor*. Hoje é sagrado.

— Veja bem, vi o Amos comandar o rancho por anos. Eu fiquei ao seu lado, sei o que torna alguém ser bom, e o Gus vai ter uma baita conquista. Era tudo que eu ia dizer.

— Ele faz um bom trabalho — falei. — Mas o papai quer que o meu irmão relaxasse um pouco.

Hank deu bastante risada.

— Ele é meio durão, não é?

— Que eufemismo — resmungou Teddy. — Ah, falando nisso, enviei um e-mail pro Wes sobre uma designer bacana. Ela estudou moda comigo, até mudar de faculdade. Tem talento e muitos seguidores nas redes sociais. O projeto também pode ser um bom modo de divulgar o hotel-fazenda.

— Wes não comentou nada hoje, então vou falar com ele. Nem sei se ele dá uma olhada no e-mail pessoal.

Não era mentira. Todos tinham uma conta com o domínio de Rebel Blue, mas Gus talvez fosse o único que usava com regularidade. Foi ideia dele.

— Qual o nome dela? — perguntei.

— Ada. Gente boa. Me lembra de mostrar o perfil mais tarde.

Hank, como Amos, mantinha uma regra rígida: "nada de celular no jantar".

Nós três batemos papo antes de Hank bater palma, com as mãos tatuadas. Ele tinha "theo" nos dedos de uma mão e "dora" na outra. Apesar de ser coberto por desenhos, essas eram as favoritas de Teddy, ainda que ela nunca usasse o nome completo.

— Emmy, você me ajuda? — perguntou Hank. — Tenho uma surpresa pra aniversariante.

Teddy ia levantar.

— Pai, eu te ajudo...

— Senta a bunda aí, Theodora. É seu aniversário.

Fui ajudar Hank a sair da cadeira.

— Aonde vamos?

— Só até ali.

Hank abriu a porta da despensa. Afastando uma caixa de cereal, ele revelou o que devia ser biscoito de aveia com gotas de chocolate, o favorito de Teddy. Entreguei o prato para que pudesse oferecer à filha.

— Obrigada, Emmy.

Voltamos para onde Teddy estava esperando, impaciente. Hank serviu os biscoitos para ela, que sorria.

— Quando arranjou tempo pra fazer isso?

— Enquanto você estava no trabalho ontem. Tive que abrir todas as janelas pra que não sentisse o cheiro em casa.

— Obrigada, pai.

— Faz tempo que não cozinho, talvez não esteja bom.

Teddy deu uma grande mordida.

— Perfeito. — Sua voz estava firme como se estivesse segurando as lágrimas. — Nossa, Hank. — Ela limpou o canto do olho. — Te amo, coroa.

— Também te amo, ursinha. Agora vocês duas peguem os biscoitos e vão se arrumar. As bebidas no Bota do Diabo aguardam.

Hank beijou a têmpora da filha e pegou a bengala pendurada na cadeira. Eu e Teddy assistimos o sr. Andersen chegar à poltrona antes de sairmos pelo corredor para o quarto dela.

Aqui era uma extensão de Teddy. O sonho de uma decoradora maximalista. Uma parede havia sido inspirada em galerias, mas não contava com nenhuma peça de arte pendurada. Apenas obras feita pela minha amiga, em que as molduras também eram parte da pintura.

Havia um tapete quadriculado preto e branco no chão de madeira, uma colcha esmeralda-escuro, uma quantidade excessiva de travesseiros coloridos, e mais pilhas de livros do que na própria biblioteca de Meadowlark.

— Meu Deus, só o meu pai pra me fazer chorar por causa de um monte de biscoito — ela tentou conter as lágrimas.

— Eu vou chorar por isso e nem foi pra mim — respondi.

— Lágrimas não vão te livrar de dizer o que rolou com o Brooks à noite.

Afe. Estava torcendo para ela ter esquecido.

Doce ilusão.

Caí na cama de Teddy e botei um braço no rosto. Ela não se abalou.

— Desembucha — ordenou.

— Por que, se você já sabe?

— É engraçado fazer você confessar. Além disso, é mais real em voz alta.

Ela parou, com expectativa.

— Tá bom. Dormi com ele.

Ela estava certa. Era mesmo mais real em voz alta.

— Dormiu com quem?

— Você é irritante demais. Sabia?

— Preciso garantir que não é uma pegadinha.

Rolei de costas e olhei minha melhor amiga nos olhos.

— Dormi com o Luke.

Dito isso, eu não podia recuar. Não que eu realmente quisesse, mas tudo parecia simplesmente novidade. Eu esperava que arrependimento ou desconforto borbulhasse sob minha pele quando eu desabafava, mas não aconteceu.

Sentia apenas... felicidade. Alegria, até.

— Porra, eu sabia. Você quase me cegou com esse brilho.

Teddy gesticulou como se estivesse bloqueando o sol.

— Isso não existe — argumentei, tirando as mãos dela do rosto.

— Claro que existe. — Ela agarrou minha mão para que eu não voltasse a cobrir os olhos. Teddy não ia deixar eu me esconder. — E você tá assim. Demorou quantos orgasmos? Três? Quatro?

— Cinco — resmunguei.

— Cinco?

Teddy balançou a cabeça, incrédula, e não conteve a risada.

— Podia ter sido mais, mas as coisas acabaram de repente quando o Wes bateu na porta de manhã. — Teddy arregalou os olhos, e seu queixo caiu.

— Por favor, diga que o seu irmão *não* pegou o Brooks na sua cama. Imagino que não, já que não soube de nenhum assassinato. Não que o Wes fosse capaz de matar alguém, mas ele contaria ao Gus, e seria o fim.

— Não, o Luke se escondeu no banheiro, mas acabei atendendo a porta usando a camiseta dele.

O queixo de Teddy continuava no chão.

— Sorte sua que ele escolheu uma camiseta básica, ou estaria fodida. De um jeito ruim. Não como ontem, obviamente. — Senti a vergonha subir pelo pescoço. Ela não estava errada. — Então o que vai fazer agora? Você e ele são, tipo, um casal?

Estive com receio dessa pergunta.

— Não sei. — Lembrei como Luke tinha dito que gostava de mim e não gostaria de ser meu segredinho. — Ele quer ver onde isso vai dar.

— O que mais? Você tá escondendo.

Eu amava minha melhor amiga, mas às vezes seu detector de mentiras interno era irritante para cacete.

— Como sabe?

— Porque você parece estar com prisão de ventre.

Beleza, justo.

— Ele disse... — hesitei. — Disse que não queria ser meu segredinho proibido.

Ela se jogou na cama ao meu lado.

— E é isso que ele vai ser?

— O quê? Não, claro que não. — De verdade, não sabia o que gostaria que Luke fosse, mas com certeza não era isso. — Tudo é demais. Três semanas atrás havia uma única pessoa que eu socaria a cara se me pagassem. Mas esse cara tá dizendo que gosta de mim, e o seu beijo me faz flutuar, apenas não sei como lidar com a situação.

As palavras saíram da minha boca de uma vez. Aí não consegui parar. Cobri os olhos de novo.

— Não quero que ele sinta que não vou assumir nada, mas também não pretendo anunciar o nosso rolo pro mundo e assistir à amizade dele com os meus irmãos implodir enquanto ainda tô tentando descobrir o que raios tá acontecendo. Confesso que eu não o conheço bem o suficiente, não sei se tudo isso é tão real quanto parece.

Teddy deu um assobio baixo.

— Muita informação, hein?

— Sim — suspirei.

— Ele não te pediu pra contar correndo para os seus irmãos, né?

— Não.

— Bom, porque faz sentido você querer um tempo, e também ele abrir o jogo sobre as preocupações. Certo?

Encarei o teto de Teddy.

— Certo.

— Tá bem, então. Veja o que vamos fazer. A gente não vai se preocupar com nada disso hoje. Você não precisa tomar uma decisão agora. Tudo fica diferente depois de alguns dias, então apenas dê um tempinho pro seu cérebro. Beleza?

— Beleza. — Virei o pescoço para Teddy, deitada ao meu lado. — Desculpa pelo surto.

— Acho que você devia ter mais. É saudável. Tô feliz por ter se aberto comigo, Em. Você não precisa passar por essa fase sozinha. Voltar pra casa, descobrir o próximo passo e gostar inesperadamente do melhor amigo do seu irmão, tudo isso é demais pra lidar de uma vez só.

E Teddy nem sabia da metade. Fui corroída pela culpa por todas as coisas que não tinha revelado.

De fato, eu precisava de um tempo.

— Que tal ir pra outro lugar? Dar uma relaxada?

O plano era festejar no Bota do Diabo com Teddy e algumas amigas da butique.

Talvez fosse bom dar espaço a Luke, mas não queria. Precisava vê-lo, espiar através do interior empoeirado do Bota do Diabo. Deu vontade de aparecer lá. Mesmo sem Luke na jogada, era o único lugar com diversão garantida, e Teddy adorava.

A dualidade dela era conseguir ser o centro das atenções ao mesmo tempo em que ficava constantemente atenta às necessidades e ao conforto das pessoas. Eu precisava prestar mais atenção no que *ela* precisava. Teddy abriria mão com prazer de todas as comemorações se percebesse por um segundo que eu não queria ir, mas não era o caso.

Balancei a cabeça negativamente.

Teddy sorriu.

— Bom. Espera até o Brooks ver você no vestido que costurei.

— Não é estranho ter feito isso para *mim* no *seu* aniversário? — Teddy me olhou como se fosse a coisa mais estúpida que já saiu da minha boca. — Tá bom, esquece.

Ela pegou uma capa preta no armário, pondo onde ela estava antes.

— Abre ou eu vou explodir — disse ela.

Alcancei o zíper. Vi uma cor carmim belíssima.

Puxei a roupa toda e encontrei um vestido simples, mas costurado lindamente. Ia até um pouco abaixo da coxa. O corpete era apertado com um decote quadrado estilo camponesa e alças grossas de regata. Teddy sabia que eu gostava de como esse corte realçava a minha clavícula, assim como o biquíni que usei na nascente com Luke. Teddy foi quem me ajudou a escolher.

— Teddy, que lindo. Amei.

— Foi o que eu pensei. Vermelho é a sua cor, mas você

usa pouco. — Eu nem lembrava de outra peça vermelha além do biquíni. Talvez tivesse uma das camisas velhas da Budweiser de Gus? Com certeza, nada como aquilo. — E sei que linho dá coceira no seu cérebro, então a parte de cima é de malha. Levinho, pra não passar calor nem nada.

— Eu amei mesmo. Obrigada. — Abracei Teddy. — Tô desesperada pra vestir.

— Ainda não. A gente ainda vai fazer todo o ritual de arrumação das mocinhas, ou aniversariantes, de comédias românticas. É o final do filme.

— Ah, é?

— Aham. Quero o meu presente.

— Qual é?

— Assistir o Luke Brooks cair de joelhos assim que te vir.

Dezenove

LUKE

Passei o dia atordoado no Bota do Diabo. Deixei mais de uma cadeira cair, errei no inventário de destilados e quase derrubei um suporte de canecas de cerveja. Eu não acreditava no que tinha acontecido ontem à noite. E durante a manhã.

Eu estava caidinho por Emmy Ryder.

Antes da noite anterior, até podia negar. Não era apenas o sexo incrível, mas sim como me senti quando acordamos abraçados — eu ficaria lá o dia inteiro.

Eu não acordava com mulheres. Saía antes do sol nascer, e nunca me arrependia de ir embora. Não com Emmy. Eu queria amanhecer lado a lado para sempre.

Nem ia comentar como ela ficava vestindo a minha camiseta.

Eu teria passado o dia todo deitado se Wes não tivesse aparecido.

Essa foi por pouco.

Mas antes Wes do que Gus. Planejo chegar aos quarenta anos.

— Cadê você?

Joe interrompeu meus pensamentos.

— O quê?

Eu estava estocando copos de vidro no balcão, e Joe estava passando o último pano nas mesas.

— Você ficou distraído o dia todo. O que tem em mente?
— Nada. Só não dormi muito bem.

Joe sorriu.

— Uma garota, então? Tá pensando nela?

Suspirei.

— Sim. É uma garota.
— Acho que nunca te vi tão agitado. Ela deve ser especial.
— Pois é — não hesitei. Emmy era demais.
— Ela não acha que você é especial também? — Ele foi sarcástico, mas fiquei quieto. Eu não tinha certeza da resposta. — Ah. Por isso tá esquisito. Você não sabe se é recíproco.
— Algo assim. — Joe ergueu as sobrancelhas, esperando que eu prosseguisse. — Acho que forcei a barra.
— Você não tá explicando direito, cara.

Como explicar que estava a fim da única mulher no mundo pela qual não podia me apaixonar?

— O lance é recente. Mas acho que tô mais envolvido do que ela, não vou ser precipitado.
— Ah, nossa — disse Joe, balançando a cabeça.
— Que foi?
— Você gosta mesmo da garota.

A sua expressão era uma mistura de felicidade com desconfiança. *Acredite, Joe. Sinto a mesma coisa.*

— Pois é. — Eu gostava de Emmy. Muito.
— Posso dar um conselho? Sei lá.
— Aceito qualquer ajuda.

A pessoa com quem normalmente conversaria sobre o assunto — como se situações assim acontecessem comigo — seria Gus.

— Ela pode não estar pronta, e tudo bem. Apenas continue presente. Em vez de se declarar, fique ali. Ações falam mais do que palavras e tal.

Eu podia seguir esse plano. Não era mesmo muito bom com palavras.

— Boa. Valeu, Joe.

— Não foi nada. Agora bota a cabeça no lugar. A gente abre em vinte minutos.

O Bota do Diabo ficou uma loucura. Sextas-feiras costumavam ser cheias, mas aquilo era diferente. A banda se atrasou, mas até que enfim estava prestes a tocar.

Se os clientes não ouvissem Waylon Jennings logo, haveria um motim.

Contávamos com um bartender extra, graças a Deus. Assim fiquei livre para servir as mesas e correr para lá e para cá com tudo. Enquanto acelerava, avistei um clarão vermelho.

Emmy.

Puta merda.

Ela usava um vestido da mesma cor do biquíni que me deixou louco na nascente. Justo nos seios até ficar mais solto na cintura. Com o cabelo preso na parte de cima, no estilo próprio de Emmy, os cachos caíam ao redor do rosto.

Ela calçava bota marrom de caubói, diferente da preta na primeira noite em que a vi aqui.

A roupa parecia ter sido feita sob medida, mas o que realmente chamou a atenção foram os lábios vermelho-sangue. Uma novidade.

Queria borrar esse batom, com a boca ou o pau. Não era exigente. Minha calça ficou apertada. Eu já tinha uma grande dificuldade de controlar meu corpo na presença de Emmy, mas agora que tínhamos transado, eu a desejava demais.

Balancei a cabeça. Emmy estava na mesa com outras garotas que reconheci da cidade, porém não sabia os nomes. Teddy devia estar flertando por aí.

Emmy não me notou, e eu preferia que se divertisse com as amigas. Afinal, era o aniversário de Teddy.

Voltei para o atendimento, e claro que Teddy estava com uns caras. Deram mais mole do que o normal, provavelmente por causa da tiara e da faixa escrito "Aniversariante". Ela levou quatro bebidas pelas quais não pagou para as amigas.

Eu ia falar com Emmy rapidinho, então fui para o balcão fazer uma coisa inédita: doses de vodca com limão. Algo que um monte de garotas festejando num boteco beberiam, né?

Tanto faz, esse era o plano.

Preparei a bandeja. Ok. Seria só isso. Levar as doses e deixar Emmy em paz pelo resto da noite.

Fui avistado a alguns passos da mesa. Ela sorriu, e quase derrubei a merda toda.

— Senhoritas. — Como eu era idiota. — Soube que é o aniversário de alguém.

— Aham, por *isso* você tá trazendo bebida de graça — disse Teddy, sarcástica, mas meus olhos estavam na sua melhor amiga.

Sempre hipnotizado por Emmy.

— Posso levar de volta — rebati, olhando Teddy de relance.

— Ignora — disse Emmy. — A gente aceita os shots.

Cada uma pegou um copinho.

— Brooks, isso é uma vodca com limão? — perguntou Teddy.

O sorriso de Emmy aumentou.

— É — respondi, acanhado.

— Você vem escondendo esse item do cardápio esses anos todos? Nem imaginava.

As outras duas riram.

— Foi só dessa vez. Não se acostuma.

— Obrigada — disse Emmy. Ela olhou para Teddy. — Agradeça, aniversariante.

— Obrigada, Brookzinho. A gente adorou.

As garotas brindaram e bateram os copos na madeira. Observei a garganta de Emmy engolir.

Caramba. Tudo que ela fazia me excitava.

Recolhi tudo.

— Feliz aniversário, Teddy. — Pisquei para Emmy.

O jeito que ela corou me deixou com mais tesão do que devia.

Fiquei de olho em Emmy durante a noite. Não como um pervertido, apenas como se dissesse "gosto mesmo de você e te acho a mulher mais bonita do mundo".

Ela não bebeu mais do que um coquetel, com aquele vestido vermelho. Nunca que eu ia deixar outra pessoa atendê-la. Quase derrubei Joe, tentando chegar primeiro.

Fiquei de pé no balcão a sua frente.

— O que você quer, gatinha?

— Toma uma dose comigo.

A resposta me surpreendeu. Ela me olhava com faíscas, e eu não podia dizer não. Peguei dois copos.

— Escolhe o seu veneno.

— Tequila, por favor.

Peguei a melhor garrafa na prateleira, servindo os shot antes de deslizar o dela pelo balcão.

— E o brinde? — perguntei.

— A novos começos.

Tentei não interpretar. Batemos os vidros e derramamos o líquido goela abaixo, mantendo olho no olho.

Merda.

Foi um milagre não agarrar Emmy. Joe me agradeceria por isso depois.

Ela limpou uma gota no canto dos lábios. Desejei ter feito primeiro.

Precisava tocá-la.

— Quanto te devo?

— É por conta da casa.

— Certeza?

Eu me inclinei, gesticulando para ela se aproximar. Finalmente estava numa posição em que ninguém nos ouviria.

— Que tal me agradecer deixando eu arrancar esse bendito vestido mais tarde?

Mesmo com a banda e os clientes cantando alto, ouvi Emmy inspirar fundo.

— Combinado — respondeu, sem fôlego. Ela esbarrou nas pessoas como se estivesse atordoada.

Emmy me abalava bastante, e eu gostava de ver que era recíproco. E então ela trombou num homem que não reconheci, o que era raro, e ele a segurou pela cintura. Primeiro, Kenny Wyatt, e agora esse mané.

Mentalmente, dei dois segundos para que desencostasse antes de eu tomar providências. Ele obedeceu.

Ótimo.

Mexi os ombros, tentando manter o ciúme sob controle, mas o jeito que o cara sorriu me deixou vermelho, e não do tipo bom como o vestido. Ela se desculpou e seguiu em frente.

Ele ficou observando.

Eu tinha que ficar esperto.

A próxima hora voou. Essa noite realmente foi uma loucura. A banda tocava country dos anos 1990, e não havia nada que animasse tanto o bar quanto Alan Jackson.

A galera estava muito bêbada e fazendo estardalhaço. Aparentemente, todos tinham vindo celebrar o aniversário de Teddy.

Foi por volta da metade da música "Good Time" que notei o homem indo até Emmy com os amigos. Ele vestia uma roupa toda jeans.

Que babaca.

Eles estão só conversando, Luke. Relaxa.

Teddy e as garotas estavam claramente flertando. Eu já estive nessa situação, além de trabalhar aqui tempo o bastante. O Cara de Jeans falava com Emmy, mas ela ficou se afastando, atenta a Teddy.

Não estava interessada. *Ótimo.*

Fingi que precisava limpar os copos naquele canto.

Foi quando o Cara de Jeans fez uma jogada. Ele pôs a mão no joelho de Emmy, de pernas cruzadas. Ela o repeliu, mas ele fez de novo.

Nem ferrando.

Cheguei em três segundos.

— Tira a porra da mão. — O Cara de Jeans ergueu os olhos. — Agora.

Minha voz soou irreconhecível.

— Ei, relaxa, cara. A gente só tá conversando.

— Não parece que ela quer conversar com você, *cara*.

O Cara de Jeans olhou para Emmy, que me encarava de um jeito nada amigável.

Foda-se.

— Tá tudo bem, né, princesa?

Chega. Agarrei a gola daquela camisa idiota, ficando cara a cara. Ele era alguns centímetros mais baixo, então o deixei na ponta do pé.

— Pega os seus amigos e cai fora do meu bar.

— Fala sério, cara.

— Tô falando seríssimo.

Eu o empurrei, e Joe interveio antes que o babaca atingisse o chão. Acho que o empurrão foi forte demais. Ele vinha para cima de mim, mas Joe o segurou.

— Nada de cena, meninos. Saiam agora, a última rodada foi por conta da casa.

O Cara de Jeans sacudiu os ombros.

— Vamos. Esse lugar é estúpido pra caralho, e uma vadia não vale a pena.

Agarrei seu ombro. Com violência. Meu punho atingiu seu rosto com um grotesco *crack*, e o Cara de Jeans ficou caído.

Aí partiu para cima, atrapalhado. Segurei seu punho — ele deu um golpe fraco — e girei seu braço para trás. Ele estava de frente com Emmy, mas não deixei que a tocasse.

— Pede desculpa — falei.

— Puta que pariu, cara. Qual seu problema?

— Pede desculpa.

O Cara de Jeans tentou me olhar, mas torci forte seu braço. Ele olhou para Emmy, com o maxilar trincado e os lábios, cerrados.

— Desculpa — disse entredentes.

— Agora se manda da porra do meu bar.

Eu o empurrei para os amigos, que pareciam ter mijado nas calças.

— Desculpa, parceiro. A gente vai sair.

Isso foi outro cara. Quase me senti mal, considerando o quanto seus amigos estavam assustados, mas ninguém falava com Emmy daquele jeito e saía ileso.

Os quatros passaram pela porta, e o bar todo explodiu em aplausos. Acho que, quando o dono dá porrada, o povo concorda que o alvo mereceu.

Olhei para Emmy, de cara feia e braços cruzados. Em vez de deixar que gritasse comigo na frente de todos, já concentrados no que faziam antes, eu a joguei sobre o ombro como um saco de batatas, tomando o cuidado de segurar o vestido para que ninguém desse uma espiadinha. Agora era Teddy quem aplaudia.

A aniversariante estava com um sorriso gigante. Conhecendo a figura, provavelmente tinha orquestrado a cena toda.

Emmy Ryder era minha, e eu ia provar para ela agora mesmo.

— Brooks! Me põe no chão, seu brutamontes. Tá de sacanagem?

— Não posso, gata. — Andei pelo bar com ela no cangote. Deu socos nas minhas costas. Fofa.

— Você é um doido de pedra, sabia?

— Só por você.

— Ai, meu Deus, me põe no chão!

Ela continuou protestando, mas ignorei. Só obedeci no escritório, com a porta trancada. Soltei Emmy gentilmente. Assim que os pés tocaram o piso, ela me empurrou.

— O que tem de errado com você? Não pode sair por aí batendo nos caras que falam comigo.

— Ele encostou, gatinha. Ninguém põe a mão em você.

— Esse é o mundo real, Brooks, não a porcaria de um romance. Não preciso ser salva de um esquisito. Eu cuido de mim.

Emmy me encarou. Seus olhos queimavam — do jeitinho que eu gostava.

— É claro que sim.

— Então por que me agarrou e agrediu um *cliente* como se fosse, tipo, um caubói alfa?

Peguei Emmy pela cintura, empurrando contra a porta. Fui subindo a boca pela sua garganta, substituindo pela mão quando cheguei nos lábios. Dei um beijo rápido antes de encostar a testa na sua.

— Porque sim. Ver aquilo me deixou maluco.

O peito de Emmy estava subindo e descendo. A irritação nos olhos havia se transformado em outra coisa.

— Não, você não pode agir assim — balbuciou.

Levei a mão livre até a bainha do vestido e toquei a pele macia da sua coxa.

— Por que não?

— P-porque bater nas pessoas é... é errado.

Dei risada e alcancei a calcinha. Ou, pelo menos, onde devia estar.

— Sabe o que é errado? Você trazer essa buceta assim pro meu bar como uma perfeita safada.

Emmy soltou um barulho. *Porra*. Ela me deixava insano. Eu a provoquei com os dedos.

— Você tá pingando, gata. Faz quanto tempo? Carente e desesperada?

O som da banda sufocou o que acontecia do lado de fora. Éramos só nós agora.

— Desde que te vi atrás do balcão.

— É? Por isso foi tomar uma dose comigo? Pra eu prestar atenção na sua bucetinha?

— Eu fiquei com sede.

Peguei a garrafa de uísque em cima da mesa e arranquei a tampa com o dente.

— Ah? Ainda tá com sede, gatinha? — Ela fez que sim. — Abre a boca.

Ela obedeceu, e meu pau duro chegou a ficar tenso com a visão da boca escancarada, pronta para aceitar qualquer coisa de mim.

Dei um gole, mas não engoli. Eu me inclinei para Emmy, ainda a mantendo contra a porta, e cuspi o uísque.

Ela bebeu.

Senti a garganta se mover enquanto eu apertava. *Caralho*. Ela era tudo.

Seus olhos se reviraram quando deslizei a ponta do dedo nos lábios maiores. Ela começou a mexer o quadril, mas logo parei.

— Que foi?

— Você é quem tá com raiva, gata. Não quero que faça nada que vai se arrepender. — Dei um sorriso.

Eu adorava essa provocação. Chupei meus dedos, o gosto dela se misturando com a queimação do álcool, soltei seu pescoço e dei um passo para trás. Meu pau estava tão duro na calça jeans que doía.

— Tá de brincadeira?

— Não.

— Por favor?

Nossa, amava o tom de súplica. Um lembrete de que ela me queria demais, e vice-versa.

— Você também andou bebendo. — Sabia que não estava bêbada, talvez nem levemente alta.

— Tomei duas doses e metade de uma vodca com tônica. Sem ofensa, seus shots são fracos.

Continuei sorrindo.

— Você acha que insultar as minhas habilidades vai me fazer mudar de ideia?

— Depende do que você gosta — respondeu, tímida.

— Você.

Emmy pressionou os seios no meu peito.

— Se não vai me tocar, então deixa comigo.

Merda. Emmy passou a mão pelo meu peito e na ereção no tecido.

Dei um pulo. Ela riu.

— Você devia mesmo me deixar cuidar disso — falou,

doce. Nossa. Como isso aconteceu? *Pelo amor de Deus, socorro.* Eu tinha perdido o controle da situação.

— T-tô bem.

Era eu quem estava gaguejando agora. Emmy esfregou mais a mão na minha calça. Ela foi me empurrando até a mesa. Eu deixei até que minhas pernas chegaram à beirada. Ela ficou na ponta do pé e meu deu um selinho antes de — *porra* — se ajoelhar. Eu enxergava o vestido vermelho todinho. Emmy ia desafivelar meu cinto.

— Posso?

Ela achava que eu ia dizer não? Todas as palavras sumiram temporariamente do meu cérebro quando olhei para a linda mulher ajoelhada.

Só consegui assentir.

— Diz que sim, Luke.

O jogo virou mesmo, né?

— Sim, gatinha. Vamos ver como você fica com o meu pau na boca.

Emmy conseguiu tirar o cinto e a calça em segundos. Ela deslizou a língua ao longo da cueca. Meu pau saltou. Já ia para dentro da garganta, mas Emmy me fez esperar.

Em vez disso, agarrou meu pau, lambendo lentamente a cabeça já babada. Não consegui evitar fazer barulho quando senti a língua. Ela me chupou e me masturbou. Jesus Cristo. Eu já ia gozar.

Relaxa, Luke. Pensa em outra coisa, qualquer coisa que não seja a mulher que tá prestes a te engolir. Recitei uma lista broxante. *Conexões de voo perdidas, geladeira quebrada, vacas dando à luz.*

Beleza. Tá. Eu ia conseguir. Com certeza... até a garganta profunda.

— *Porra*, Emmy. Você é linda.

Eu nunca tinha me considerado falante na cama, mas

isso mudou completamente com Emmy. Eu sentia o fundo da garganta dela, e Emmy emitiu um som de frustração.

Ela se ajeitou, e a língua voltou a mexer. Fui mais fundo, e ela sincronizou os movimentos da mão e da boca.

— Você adora se engasgar me chupando, né?

Minha voz estava áspera, e eu mal conseguia me expressar. Emmy me olhou através dos cílios volumosos e assentiu como pôde.

Eu queria que a imagem de Emmy, de joelhos e com os lábios vermelhos me pagando um boquete, fosse projetada na porra da minha lápide.

Agarrei seu cabelo, tentando lembrar de ser gentil; só que, quando meti ainda mais naquela boquinha, ela gemeu. Com a outra mão embaixo do vestido. Estava se masturbando.

— Me chupar dá tesão, amor? Quer que eu foda essa boca?

Emmy pôs a mão na minha bunda, eu indo mais além.

Não aguentei. Agarrei seu cabelo com as duas mãos e meti com vontade. *Jesus Cristo*, ela era perfeita. A gente gemia. Caralho, que delícia, mas eu não queria gozar ali. Não hoje.

— Preciso gozar dentro, gata. Deixa eu te dar leite de novo.

Eu estava obcecado por demonstrar que Emmy era minha. Ela continuou, mas eu abaixei e a levantei, beijando seus lábios com força. O beijo foi bruto, como se cada um estivesse testando o quanto o outro aguentava.

Emmy se afastou primeiro.

— Eu não tinha terminado — falou, ofegante.

Eu a prendi entre o meu corpo e a mesa, de costas para mim.

— A única coisa que quero agora, mais do que te foder, é gozar na sua buceta perfeita. — Eu precisava que ela confirmasse que estava tudo bem. — Quer que eu te coma nessa mesa, minha gatinha? Posso?

— Pode, Luke. Por favor.

Graças a Deus, caralho. Empurrei Emmy para ficar curvada e levantei a peça que me provocou a noite toda.

— Esse vestido é uma tortura.

— Usei só pra você.

— Que bom. Se fosse pra outro cara, eu teria que matá-lo.

Ela riu, mas eu não estava brincando. Passei a mão pela sua bunda toda, meus polegares abrindo a buceta. Ela estava molhada e deslumbrante. Tudo para mim. Comecei a enfiar o pau nela quente e molhada.

Vi estrelas.

Agarrei seu quadril e penetrei lentamente, sabendo que a posição seria intensa para ela. Eu era grande. Quando meti completamente, parei. Puta que pariu, eu ia gozar. *Não*. Não antes dela.

Geladeira quebrada. Geladeira quebrada. Geladeira quebrada.

Emmy empurrou a bunda em mim.

— Não se mexe — falei, irritado. — Me dá só um minuto.

Fechei os olhos.

— Tudo bem aí?

Pude ouvir ela sorrir. Eu amava esse sorriso. Adorava quando ela estava feliz assim.

— Sim — respondi, sem fôlego. — Tô bem.

Fora de perigo.

— Então, por favor, se mexe antes que eu perca a cabeça.

Ela não precisava pedir duas vezes. Tirei um pouco pra meter de novo. Com força.

Fiz isso de novo e de novo.

Emmy gemeu alto.

— Isso, Luke, assim mesmo. Me come, por favor.

Ela sempre pedia tão bem. Lembrei do cara pondo a mão nela. Fodi com mais força. A mesa se mexia, mas não liguei nem um pouco. Tudo que importava era Emmy, e o lugar em que nos conectávamos.

Eu a ergui para que ficasse de pé. Levei os dedos até o clitóris, masturbando enquanto a comia. A buceta começou a ficar mais apertada. Emmy pegou a minha mão no seu quadril para que passasse dos seios até a garganta dela.

Porra.

Apertei levemente a lateral. Emmy jogou a cabeça no meu ombro.

— Isso, isso, isso. Até o fim, Luke.

— Você foi feita pra mim. — Fodi com mais força ainda. — Diz que você é minha, Emmy.

Eu precisava ouvir.

— Eu sou sua.

— Isso aí, gata. Sou o único que pode te ter assim.

— Eu vou...

Nós dois explodimos ao mesmo tempo. Eu jorrei a porra dentro da buceta, até ir metendo mais fraco.

Ambos respiravam com dificuldade, e uma alça do vestido de Emmy havia caído do ombro. Eu tirei o pau lentamente e observei como pingávamos suor na coxa dela.

— Fica aqui — pedi.

Enfiei o pau meio duro na calça e peguei alguns lenços. Limpei gentilmente as coxas de Emmy e abaixei o vestido.

Ela se virou e eu a pus nos meus braços. Dei beijos no cabelo e na testa. Ela suspirou. Parecia... contente. Isso disparou meu coração.

Deslizei os braços pelos dela, levando uma mão de Emmy até minha boca e beijando a palma antes de entrelaçar nossos dedos. Fomos até o sofá ao lado da mesa. Eu me sentei, puxando Emmy para mim. Com ela no meu colo, apoiei o maxilar na sua cabeça e continuei acariciando seus braços, feliz demais por estar assim de novo.

— Luke? — chamou ela, baixo.

— Oi, gata?

— Eu tô gostando de você.

— Certeza que não é a dopamina falando? — brinquei, tentando não pensar muito na confissão.

Ela olhou no fundo dos meus olhos.

— Não. Eu gosto de você. Não sei bem quando vou estar pronta pra contar pra minha família, mas *vou* fazer isso. Só preciso de um tempinho, tá bom?

Essa mulher me tinha na palma da mão, ainda que não soubesse. Estiquei a mão para pegar no seu rosto.

— Todo o tempo que precisar. Não quis te pressionar hoje de manhã. — Fui sincero.

Valia a pena esperar por Emmy. Esperei inconscientemente por trinta e dois anos, enquanto esteve na minha frente desde sempre.

— Não foi isso. Meu tempo de processamento só é mais longo do que a média.

Ela voltou a pôr a cabeça embaixo do meu maxilar.

Emmy Ryder podia estar gostando de mim, mas foi neste momento que eu notei que estava me apaixonando por ela.

Vinte

EMMY

No dia seguinte, eu tinha coisas para fazer com meu pai na cidade. Quando entrei pela porta dos fundos do Casarão, ele me esperava na cozinha.

Pelo visto, uma das enfardadeiras de feno ainda não estava funcionando bem. Já havia atrasado o processo, por isso a veia na testa de Gus explodiria a qualquer momento. Amos, não. Mais do que nunca, o homem estava firme como uma rocha.

Ele me recebeu de braços abertos. Eu adorava os abraços do meu pai. Nada de gestos meia-boca. Toda vez era como se fosse a última.

— Oi, Batatinha. Tá pronta?

— Bom dia. Aham, vamos lá.

Andamos até a caminhonete. Meu pai era um entusiasta da Ford. Pessoalmente, eu tinha problemas com o cara que criou a semana de trabalho de quarenta horas, mas tanto faz.

Fazia frio, um claro sinal de que o outono estava a caminho. Willie Nelson tocava baixo pelo alto-falante. Olhei pelo para-brisa. Tudo repleto de árvores verdes e céu azul. Dentro de um mês ou dois, as folhas mudariam, transformando a paisagem em cor de fogo.

— Como vão as coisas? Tá se adaptando bem? — perguntou meu pai.

— Aham.

— Faz quanto tempo? Um pouco mais de um mês?

Com essa simples pergunta, soube imediatamente por que estávamos indo à cidade sozinhos. Sim, meu pai queria passar tempo comigo, mas também planejava descobrir quais eram meus planos.

— Mais ou menos isso.

— Sabe o que eu vou perguntar, Batatinha.

Suspirei.

— Não sei, pai.

— Isso é incomum. — De fato. Eu sempre estava pensando no futuro. — O que houve? — Honestamente, foi uma surpresa ter levado esse tempo todo para ele perguntar, apesar de eu não ter dado a oportunidade. — Fiquei muito feliz por te ver, e você demonstrou estar contente em casa, mas soube que minha bebezinha estava triste no momento em que bati os olhos.

Meu pai esfregou o queixo com a mão livre. Seus olhos estavam na estrada, e os meus, nele. Observei seu cabelo, muito mais grisalho do que eu lembrava, e as rugas mais profundas. Marcas de preocupação.

A constatação de que o tempo em Rebel Blue continuou enquanto eu estava fora me atingia como um trem de carga.

O que seria pior: se preocupar comigo na minha ausência ou se preocupar comigo, bem na sua frente, mas fora de alcance?

Claro que percebeu que eu estava com problemas. Era meu pai. No que dizia respeito a essas figuras, ele era o único que conheci. E, em vez permitir que fizesse o seu melhor — ser pai —, me fechei na cabana e disfarcei na frente da família.

— Partiu meu coração, mas deixei você resolver sozinha, porque que é assim que se sente confortável. Nas últimas semanas, você não tem parecido tão triste, então deve ter conseguido dar um jeito nessa cabeça bagunçada. E aí?

— Não muito — respondi com sinceridade. Pelo contrário, agora que estava enrolada com Luke Brooks. Meu pai definitivamente não precisava saber disso. — Acho que não quero voltar pra Denver, mas também não sei bem o que faria aqui a longo prazo. Não sou uma administradora como o Gus e não tenho um projeto como o Wes.

Meu pai manteve a mão no volante e a outra na barba.

— Então nada de competição?

— Não. Vou participar das regionais. — Quando tinha decidido? Aparentemente, neste momento. — E tô fora. Já sou uma das mais velhas do circuito.

Meu pai ficou quieto. Não acho que isso o surpreendeu. Tanto ele quanto meus irmãos me conheciam irritantemente bem. Com certeza adivinharam de cara que eu tinha parado com os cavalos. Gus foi o único que não me fez admitir, mas nem ele tinha coragem de me pressionar.

— Você ainda quer seguir essa vida? — Se referia ao rancho. — Ou se vê fazendo outra coisa?

Boa pergunta, nem precisava pensar a respeito.

— Quero ficar aqui.

Vi um brilhinho nos seus olhos esmeralda.

Pensei nisso nas últimas semanas, e não me via fora de Meadowlark e Rebel Blue. Depois de tanto esforço para dar o fora, era estranho sentir que ainda pertencia a minha terra natal.

— Ter uma instrutora de equitação me ajudaria. — Sua voz soou meio tensa. Emotiva.

— Pai, o senhor tá bem?

— Tô, Batatinha. Mais do que bem. Eu ficaria feliz por você aonde quer que fosse, mas especialmente aqui.

Meu pai nunca tinha tentado me prender em Meadowlark. Diante dos planos, ele sempre me apoiou.

O quanto deve ter sido difícil me ver partir?

— Então, o que me diz de ser instrutora de equitação durante o inverno? E uma ajuda com o treinamento dos cavalos seria ótimo. Depois a gente vê.

— O Luke dá aulas.

— O Luke, é? — Meu pai ergueu a sobrancelha. *Merda*. Nunca o chamei pelo nome. Papai deve ter notado. — Ele faz um bom trabalho. Mas aquele garoto já tá sobrecarregado. Não sei como dá conta de tudo.

— Nem eu.

Ele dava aulas aos sábados, ajudava no rancho na maior parte dos dias e ainda administrava um negócio. Talvez eu nunca superasse o quanto, na vida real, ele era diferente da minha antiga concepção.

— Fora que o Ronald e a esposa querem ir pra Yuma. Viver a aposentadoria num clima quente. Se for o caso, você pode assumir as turmas de adolescentes e adultos. Luke fica com as crianças se quiser, mas acho que ele abriria mão por você.

Meu coração acelerou.

— Por que diz isso?

Tentei soar indiferente. E fiquei desnorteada.

— Nada acontece em Rebel Blue sem eu saber, Batatinha.

Meu pai chegou ao centro de Meadowlark em quinze minutos. Depois do comentário sobre ser o olho que tudo vê em Rebel Blue, "Mama's Don't Let Your Babies Grow Up to Be Cowboys" começou a tocar, e era impossível para Amos e eu não cantarmos junto quando se tratava de Waylon & Willie.

Na sequência, meu pai pegou um cabo auxiliar. Nunca deixaria de ser engraçado ele ter a caminhonete mais legal e moderna de todos nós. Entregou o fio, e eu logo encontrei minha playlist dos Highwaymen. Cantamos a plenos pulmões pelo resto do caminho.

Estacionamos bem no fim de "Big River". Eu só tinha passado algumas vezes no centro de Meadowlark desde o retorno, para visitar Teddy na butique, que devia ficar a uns cinco minutos de caminhada.

Meu pai foi ao balcão da loja. Ele pegou a peça, mas também jogou conversa fora com Don Wyatt, o dono, por pelo menos vinte minutos, então comecei a perambular.

Pelo nome do estabelecimento, as pessoas presumiam que havia apenas materiais de tratores. Essas pessoas estavam erradas.

A loja de materiais de tratores vendia quase tudo, e tanto Teddy quanto eu costumávamos comprar muitas calças jeans, porque eram as mais baratas.

Observei uma regata cavada e pensei em Luke. Essa era assim de fábrica, diferente das camisetas que ele fazia a festa com a tesoura.

Mandei uma foto rápida.

> **EMMY**
> Quanto você teve que pagar ao Don por esse estoque?

Botei o celular no bolso, continuei espiando e fiquei entretida com um prendedor de dinossauro. Em alguns minutos, recebi uma notificação.

> **LUKE**
> As que vêm cortadas não são pra mim.

> **EMMY**
> Por quê? Pouca chance de pagar peitinho?

> **LUKE**
> O que você tem contra meus mamilos?

Sorri para a tela. Considerando que eu era a maior inimiga de regatas cavadas, era chocante que estivesse passando a gostar delas. No fundo, a afeição era pelo homem dentro da roupa.

E pelos braços. Meu Deus, aqueles músculos.

— Oi, Emmy.

Ouvi a voz de um homem. Até que vi Kenny. Claro que estava aqui. Esqueci que seu pai era o maldito dono.

— Oi. Bom te ver.

Ele sorriu. Bom sinal. Talvez não estivesse chateado por eu não ter respondido as mensagens.

— Tá tudo bem? Não te vejo desde mês passado.

Pobre Kenny. Ele tinha perdido uma competição sem saber que havia concorrência.

— Ah, sim, tô bem. Só ocupada.

— Imagino. Não sabia que ia ficar na cidade todo esse tempo.

Ele soou esperançoso, o que fez eu me sentir babaca.

— Aham, tô gostando de estar em casa.

— Que ótimo. — Ele passou a mão pelo cabelo, um tique nervoso que havia notado desde sempre. — Que tal jantar algum dia?

Minha nossa, ele era tão legal, mas não podia aceitar o convite. Kenny não se contentaria em ser meu amigo, e eu só queria Luke.

— Desculpa, não posso. Tô saindo com uma pessoa — respondi, desacreditada por ter dito em voz alta.

— Ah. Droga, desculpa. Não sabia.

— Imagina. Mas obrigada.

Dei um sorriso amigável.

— Batatinha, tá pronta? — ecoou um grito do outro lado da loja.

Meu salvador.

— Tô! — Devolvi o dinossauro e encontrei meu pai perto do caixa. — A gente se vê por aí — gritei para Kenny. Ele apenas assentiu.

Pela vitrine, vi que os homens de Don carregavam a tal peça para a carroceria da caminhonete.

— Oi, Emmy. Bem-vinda de volta. — Don me cumprimentou. — Kenny disse que te encontrou por essas bandas.

— Obrigada, Don. Bom te ver — respondi educadamente, torcendo para que não mencionasse mais o Kenny.

Antes que houvesse chance, meu pai interrompeu.

— Obrigada, Don. Se cuida. — Ele deu um tapinha no balcão e gesticulou para eu ir andando. — Quer tomar um café?

Fiz que sim.

Atravessamos a rua até O Grão. O interior estava do jeito que eu lembrava. Tão aconchegante. Nada combinava. Mesas, cadeiras, sofás: cada qual com seu estilo. Não de um jeito chique à la Teddy, mais como um mercado de pulgas caótico. Não sabia se era bom ou mau para o meu TDAH.

Teddy e eu costumávamos fazer o dever de casa aqui, mas eu nunca terminava nada. Agora entendi por quê.

Meu pai pediu dois cafés coados, o dele preto e o meu com muito creme e sem açúcar. Até onde eu sabia, ele era o único outro homem da minha vida que lembrava de como eu prefiro o café.

Escolhemos uma mesa perto da janela.

— Vou aceitar o acordo, pai — falei por impulso.

— Vai dar aulas?

— Sim. Não quero as turmas do Luke a não ser que ele prefira, mas vou assumir as do Ronald.

— Tudo bem pra mim. Você vai ganhar o salário de iniciante na primeira temporada, e a gente avalia depois.

— Combinado.

Meu pai ofereceu um aperto de mão. Ficamos olhando pela janela, apenas existindo. Foi legal.

Depois de um tempo, ele disse:

— Você parece tanto com a sua mãe, Emmy. — Meu pai a amava e sentia sua falta todo dia, mas não falava dela voluntariamente. — Sabe, foi ela quem escolheu o nome Clementine.

Assenti. Já tinha contado antes.

— Ela cantava a música para os meninos quando estavam agitados ou não conseguiam dormir. Sempre funcionava. A gente achou que teria outro menino, aí você nasceu, e eu nem pensei em nada antes de ela decidir por Clementine. Você quase não chorava. Porque seu nome tinha um pedaço da sua mãe, mesmo que ela não estivesse lá.

Não sabia dessa parte.

— Quanto mais velha, mais dela vejo em você. Era quieta, como você. E preferia resolver as coisas na própria cabeça e mantinha os planos em segredo.

— Isso é ruim? — perguntei, baixo.

— Não. Essas características a faziam ferozmente independente e determinada. Amava isso nela. Nunca tinha conhecido ninguém igual. Amo os traços em você também.

Meu pai nunca falava dessa maneira.

— Por que o senhor não fala mais dela?

Ele demorou um pouco.

— A sua mãe fica segura guardada na minha mente.

Os olhos de meu pai estavam tristes. *Ela fica segura.* Isso partiu meu coração. Meu pai estava presente quando ela morreu. Caiu do cavalo e bateu a cabeça numa pedra. Um acidente bizarro.

O paralelo entre nós não passou despercebido. Acho que era parte do motivo por eu não ter contado o que aconteceu comigo.

— Desculpa por não tocar tanto no assunto.

— Tá tudo bem.

De fato. Eu amava minha mãe, mas não sentia sua falta — não como Gus ou Wes. Era difícil nutrir esse sentimento por alguém que nunca conheci, porém eu ainda tinha saudade do que idealizei. Às vezes sentia como se sua ausência tivesse deixado um buraco no meu coração.

— Por que tá falando agora? — Fiquei genuinamente curiosa.

— Foi nesse lugar que a vi pela primeira vez. Não era uma cafeteria na época, só lanchonete. Quando te olhei agorinha, lembrei daquele dia. O carro dela tinha quebrado fora da cidade. Ela andou alguns quilômetros até aqui. Pretendia ficar uma noite, mas nunca foi embora.

Meu pai era como um rio — firme e forte. Eu entendia por que minha mãe tinha se apaixonado.

— É difícil? Amar alguém mesmo que a pessoa já tenha partido?

Precisava tirar vantagem desse momento em que ele estava falando livremente.

— Não, amar a Stella é a coisa mais fácil que vou fazer na vida, esteja ela aqui ou não.

Quem diria que Amos Ryder era tão romântico? Meu coração ficou apertado no peito. Tive medo de que fosse disparar.

— Ela se arrependeu alguma vez? De ficar aqui? — verbalizei meu próprio maior medo.

Meu pai me olhou, pensativo, como se soubesse exatamente o que eu estava pensando.

— Olha, acho que não. Quando ela saiu da própria cidade, estava procurando por algo. Acho que encontrou aqui.

— O quê?

— As coisas que todos buscamos: amor, apoio, propósito.

— E encontrou isso em você?

— E nas montanhas. No August. No Weston. E em você.

Senti lágrimas pinicando. Quem estava cortando cebolas na cafeteria? Nunca tinha chorado de verdade pela minha mãe, mas hoje chorei pelo homem que a perdeu. Só meu pai para me deixar assim num lugar público.

Ele me olhou, com amor estampando o rosto inteiro.

— Espero que encontre isso também, Clementine. Seja em Meadowlark ou em outro lugar.

Eu entendia a decisão de deixar a cidade natal e, mais do que uns meses atrás, também a de ficar nesta cidadezinha.

Quando eu era mais jovem, meu grande objetivo era partir. Tudo teve esse fim: faculdade, competição, tudinho.

Agora eu queria ficar.

Por me sentir segura.

Talvez eu precisasse do afastamento para perceber que o lugar era especial, que eu tinha orgulho das minhas origens e que, *por causa* delas, vivia experiências diferentes de qualquer pessoa de fora.

Eu pensava que Meadowlark fazia eu me sentir pequena; na verdade, acho que eu mesma fazia isso perseguindo o próximo item da lista. Como se sentir boa o bastante quando nunca celebrava as próprias conquistas?

Passei a ter orgulho de mim e do que alcancei. Também estava contente. E, não, nada a ver com Brooks. Ele era apenas um bônus.

Havia alguma coisa especial em Meadowlark.

— Ah, pai, acho que já encontrei.

Vinte e um

EMMY

Havia passado uma semana desde o aniversário de Teddy, um dia que terminei transando com o melhor amigo do meu irmão num bar onde metade da cidade estava do outro lado da parede.

Por sorte, a multidão no Bota do Diabo estava mais agitada e inquieta do que o normal, então ninguém notou que Luke e eu sumimos depois que ele me jogou no ombro e me carregou até o escritório — exceto por Teddy.

Quando me juntei à mesa, suas amigas da butique, Madi e Emily, já estavam se enrolando nas palavras, então não me preocupei com elas. Teddy, por outro lado, me preocupava. Eu me sentia mal por ter deixado a comemoração, mesmo que tivesse sido levada dali à força.

Mas Teddy não ficou nem um pouco brava.

E sim radiante.

A primeira coisa que me perguntou foi:

— Cadê seu batom? Não acredito que você deu num lugar público. Nem eu já fiz isso.

Luke saiu do escritório minutos depois e encostou na minha mão enquanto voltava ao balcão. O bartender — acho que chamava Joe — fez uma expressão severa para ele.

Luke, por outro lado, tentou ajeitar o cabelo escuro e conteve um sorriso.

Nossa, ele era tão *lindo*.

Pensei nisso tanto naquele momento quanto agora, na sua presença. Eu estava descendo até o estábulo para dar uma cavalgada com Maple.

Por volta da última semana, fiquei bem mais confortável na sela. Tinha levado Maple a galope outro dia, e ela adorou.

Toda vez que montava, meu estômago se revirava um pouco. Eu não sabia se me livraria de vez do acidente, ainda que meses atrás acreditasse que nunca cavalgaria de novo.

A nova perspectiva era muito melhor.

Cavalgar era tudo para mim e, retomado o hábito, eu podia admitir o quanto me feriu pensar que tinha perdido isso para sempre.

Uma dor sem precedente que, com sorte, não se repetiria.

A melhora na equitação sem dúvida se devia a Brooks. Desde que voltei, estar com ele era minha forma favorita de passar o tempo, ainda mais na última semana. Passei algumas noites na sua casa porque, se alguém perguntasse, seria fácil dizer que estava com Teddy, e não precisávamos nos preocupar com minha família se perguntando por que a caminhonete dele ainda estava por perto.

Sua casa era um bangalô pequeno de dois quartos no terreno atrás do Bota do Diabo. Ele contou que tinha passado os últimos anos fazendo obras, e o esforço era visível. Não imaginava Luke Brooks como um homem que teria uma boa cama, um estrado firme e mais de um travesseiro. Eu disse isso, e ele argumentou que eu precisava recalibrar as expectativas.

Um cara cheio de surpresas.

Como alguns dias antes, quando dançamos música lenta na cozinha.

Havia sido um dia longo, então eu não esperava nada. Só queria aproveitar a companhia.

Quando entrei, ele já tinha feito o jantar — e sabia se virar na cozinha.

Na hora da limpeza, o pequeno alto-falante na sala começou a tocar uma canção de Randy Travis. Ele jogou o pano de louça no ombro e pegou minha mão, me puxando para si. Pôs uma mão na minha cintura e entrelaçou nossos dedos com a outra.

Nós nos balançamos juntos, e eu podia ter ficado ali para sempre.

Mais tarde, adormecemos no sofá assistindo ao meu filme favorito: *Doce Lar*.

Em momentos pequenos como esses, eu enxergava Luke com clareza. Sim, ele mutilava camisetas, mas não se mostrou arrogante, irresponsável ou descuidado. Pelo contrário, era atencioso e protetor.

Para alguém que passou a vida toda implorando por atenção, de fato ele sabia como me fazer sentir que eu era a única pessoa do planeta.

A versão que conheci recentemente era do tipo pelo qual eu podia me entregar. Eu estava começando a pensar que ele era o único homem pelo qual eu me apaixonaria.

E isso era assustador demais.

Assisti Luke arrastar um ancinho pelo curral, então o lugar já estava limpo. Sua camiseta cinza estava grudando no corpo, e a pele brilhava sob o sol tardio de verão. Ele parou para limpar o rosto com a bainha.

Caramba.

Apoiei os braços na cerca.

— Bom dia — anunciei minha presença.

Luke ergueu os olhos e veio até mim.

— Bom dia — respondeu depois de dar um beijinho na minha têmpora.

— Senti sua falta — falei, sincera. Ele sorriu maliciosamente, e empurrei seu ombro. — Para de graça.

— Desculpa. Tive que acordar mais cedo, e pensei que você já estava com o sono desregulado demais essa semana. — Luke deu um sorriso descontraído.

Isso era verdade.

Que estranho... estar com ele. Como se eu não me cansasse nunca. Eu gostava de sexo, mas a minha libido nunca foi particularmente alta, até Luke. Eu estava acostumada a ficar longos períodos sem transar. Nunca me importei.

Claro, o sexo era ótimo, só que o principal era Luke demonstrar nitidamente que me desejava. Ele fazia eu me sentir até sedutora, uma palavra que eu nunca usaria para me descrever. Teddy, sim, mas eu não.

Eu amava essa sensação.

— Por que acordou tão cedo?

— Você vai ver. Tá a fim de cavalgar?

Ele pôs uma mecha de cabelo atrás da minha orelha.

— Sim, mas preciso limpar as baias antes, e o espaço alugado tá na minha agenda hoje.

— Tudo feito.

— Isso é fisicamente impossível a essa hora da manhã.

Luke se inclinou na cerca e me deu um beijo suave.

— Dei um jeito. — Eu nem queria saber o horário em que ele teve que chegar aqui. Será que nem pregou o olho? — A gente vai ter que reforçar o espaço alugado de tarde, mas o resto tá pronto.

— Sério?

— Sério. Então... — Ele me beijou de novo. — Pronta pra cavalgar?

Assenti com vontade e fui naquela direção. Luke me imitou do outro lado da cerca até que saísse do curral. Andamos até o estábulo principal juntos.

Quando chegamos à porta, vi que tanto Friday quanto Maple estavam no posto de amarração: cuidados, selados e prontos para partir.

— Uau, você realmente andou ocupado.

— Eles estão aqui só há alguns minutos. Achei que tinha calculado perfeitamente a sua chegada, mas não considerei as vezes que adiava o despertador.

Dei outro empurrão no seu ombro de brincadeira.

— Cala a boca.

— Como você cresceu num rancho e não consegue acordar com o despertador?

— Dormi tarde. Gosto do silêncio.

— Lembro das noites silenciosas, mas agora tem uma mulher roncando do meu lado.

— Eu não ronco!

— Ronca. — Ele tocou meu nariz. — Mas é fofo. Você dorme mais pesado do que todo mundo.

Queria poder negar, mas era verdade. Eu dormia como uma pedra. Demorava um pouco para pegar no sono, mas aí nada me acordava. Num apocalipse, eu nem teria chance de escapar dos zumbis porque me pegariam inconsciente.

— Que seja — resmunguei.

Andei até Maple, e ela relinchou no meu ombro. Abracei seu pescoço. Maple era uma égua carinhosa, e eu a amava muito. Ela era minha desde o começo da carreira profissional, mas parecia a vida toda. Com ela e Moonshine, eu estava convencida de que tinha os melhores cavalos de Rebel Blue.

Brooks e eu fomos para fora e montamos.

— Tá se sentindo bem?

— Sim, tô. — Eu estava ótima. Com a respiração estável, e a cabeça aparentemente bem equilibrada.

— Aonde vamos?

— Pro picadeiro menor.

Esse picadeiro ficava perto do espaço alugado. Maior do que um curral, mas menor do que o grande picadeiro perto do antigo Casarão. Eu passava bastante tempo aqui quando era pequena, mas não tinha estado lá desde o retorno, porque a área fazia parte do cronograma de manutenção dos funcionários do rancho.

Brooks e eu ficamos a postos e começamos a cavalgar pelo rancho. Felizmente o lugar era gigante, assim eu não precisaria ouvir nenhuma pergunta a respeito do que estava fazendo com Brooks.

Depois de alguns minutos, Luke fez Friday trotar, e eu segui com Maple.

A sensação de andar a cavalo pelo Rancho Rebel Blue era uma das melhores do mundo. Diante da paisagem montanhosa feita de verdes, marrons e amarelos. Com o céu azul de pano fundo, havia algo que parecia sobrenatural. Não existia outro jeito de descrever.

Quando estávamos a mais ou menos um quilômetro do picadeiro pequeno, ele fez Friday galopar.

Imitei sem pensar.

Conforme Maple ganhava velocidade, fiquei de pé nos estribos, sentindo o ar ao redor do meu corpo.

Pela primeira vez em muito tempo, cavalgar foi a coisa mais natural do mundo. Os cascos de Maple batiam no chão num ritmo estável, seus músculos trabalhavam sob o meu peso, e o meu cabelo voava.

Friday e Luke desaceleraram cedo demais, e tive que acompanhar. Paramos fora do perímetro do picadeiro. Chegamos a esta parte do rancho pelo lado oposto do qual Wes tinha me trazido há algumas semanas, então o antigo Casarão ficava distante, e não na frente.

Diferente do picadeiro grande, aqui não era coberto, apenas cercado. Dentro da cerca, eu via três formas. Pareciam... tambores. Do formato de um triângulo.

Amarrei Maple numa estaca da cerca. Brooks estava logo atrás com Friday.

Olhei para ele.

— O que tá acontecendo?

— É um circuito normal de tambores, Emmy. Três tambores equidistantes, padrão de triângulo. — Ele tinha criado um lugar para eu treinar? — Faltam menos de duas semanas até as regionais. Vai encerrar esse ciclo com chave de ouro.

— Você fez isso? Pra mim? — Ele me olhou como se o esforço fosse a coisa mais natural do mundo. Que sensação estranha no peito. Ninguém nunca tinha feito algo assim para mim. Eu não conseguia acreditar. — Quando?

— Ontem à noite.

— E veio mais cedo hoje?

Ele fez que sim e esfregou a nuca. Parecia estar corando. Estava difícil respirar, mas não porque eu ia entrar em pânico. Este homem tinha literalmente me tirado o fôlego.

— Você precisa praticar.

Olhei para o percurso improvisado e me imaginei com Maple correndo pelos tambores e formando padrão de trevo. Eu não fazia isso há meses.

Continuei observando e fiquei nervosa. Para caralho. O que estava pensando quando decidi competir nas regionais? Não ia dar certo. De jeito nenhum.

— Emmy, gatinha, fala comigo — pediu Luke ao perceber a mudança no meu comportamento. Eu não conseguia mais esconder nada dele. Sinceramente, achei que isso me frustraria, mas eu quase sentia alívio por não poder me esconder na própria mente quando se tratava de toda essa situação.

— Tô com medo — sussurrei.

— Olha, eu ficaria mais preocupado se não estivesse. Você vivenciou o que quem cavalga mais teme, mas ainda assim voltou ao cavalo.

Minhas mãos começaram a tremer, e Luke notou na hora.

— Ei. — Ele se aproximou. — Você dá conta, Emmy. A gente pode ir devagar, mas sei que você consegue.

— Como tem certeza?

Ele segurou meu rosto.

— Você é Clementine Ryder, foda pra caralho. — Dei risada, e escorreu uma única lágrima. Ele limpou minha bochecha antes que a gota caísse no chão. — Gata, você merece um fim triunfal. Dito e feito.

Vinte e dois

LUKE

Na última semana, Emmy e eu caímos em uma rotina. Passamos quase toda noite juntos, em geral na minha casa e, de manhã, fazíamos o percurso da prova de três tambores em Rebel Blue. Ela corria a cavalo por uma hora ou duas. Às vezes, eu ficava junto o tempo todo, mas nem sempre, dependia das demandas do rancho.

Assistir Emmy era fascinante. Quando estava em Maple, ela tinha controle absoluto. Também ficava muito focada e estável. Não havia nada que pudesse abalá-la.

Tentei não pensar no quanto o acidente deve ter sido ruim, a ponto de exterminar essa sensação de segurança.

Muito ruim mesmo.

Odeio imaginar como ela ficou completamente sozinha em Denver por um mês antes de tomar a decisão de vir para casa.

A gente criou uma bolha. Onde havia apenas nós dois conhecendo um ao outro. Mesmo que eu estivesse grato por todo o tempo que passávamos juntos, havia uma parte de mim que começou a sentir culpa.

Por mais quanto tempo conseguiria fazer isso sem contar a Gus? Se ele descobrisse que havia um segredo, provavelmente pensaria que eu estava só pegando a irmã dele. Faria sentido, ainda mais considerando o meu histórico com mulheres.

Por outro lado, uma parte menor de mim temia que Emmy não quisesse vir à público porque não se sentia como eu.

Só que eu não devia pensar assim.

Quando voltei ao picadeiro depois de resolver umas coisas no estábulo, Emmy e Maple tinham terminado o treino. Emmy estava sentada no chão de terra, e Maple ficou deitada ao lado, com a cabeça gigante no colo da dona.

Cavalos são basicamente cachorros grandes.

— E aí? — perguntei enquanto me aproximava.

— Tudo certo. Não bati menos de vinte segundos, mas me sinto bem.

— Ótimo. — Eu me agachei para beijar o topo da sua cabeça. — Tenho que ir pro bar, mas quis te ver antes.

— Vou voltar cavalgando com você.

Emmy se levantou devagar para não empurrar Maple de um jeito que a assustasse. E nós nos afastamos da égua, dando espaço suficiente para não levar um coice.

Puxei Emmy para meus braços, segurando por um tempo, porque talvez não tivesse a chance no estábulo. Poderia ter alguém lá, e a ideia de ir embora sem tocá-la me deixaria muito chateado.

Eu me afastei para beijá-la bem do jeito que ela gostava, devagar e suave. Antes que as coisas esquentassem, meu celular vibrou no bolso.

Sempre uma interrupção.

Joe, provavelmente.

Emmy me deu um selinho antes de me dar privacidade, sabendo que devia ser algo a ver com o bar. Ela tentou voltar para Maple, mas a segurei pondo o braço no seu ombro. Ainda não estava pronto para desgrudar.

Atendi sem olhar a tela.

— Alô?

— Luke, querido. — Uma voz trêmula, triste e feminina. Meu corpo ficou rígido, e Emmy percebeu, porque me olhou cheia de preocupação.

— Mãe? — perguntei. Emmy arregalou os olhos. Eu não falava com minha mãe. Houve tentativas, mas acabei desistindo depois de incontáveis decepções.

— Sim, querido. Sou eu.

Ela do outro lado da linha, e foi como se o mundo tivesse desacelerado. Eu não sabia dela há muito tempo. Mal reconheci sua voz. Sempre soou tão frágil?

Depois que desliguei, Emmy me deu um abraço.

— Tá tudo bem? — Não respondi de cara, incerto da resposta. — Luke? — Ela esticou a mão até meu rosto. — Tá tudo bem?

Não olhei para ela, apenas para o nada de Rebel Blue.

— O marido da minha mãe... A rota do caminhão devia ter terminado há alguns dias, mas ele não voltou pra casa.

EMMY

Depois da ligação da mãe de Luke, voltamos para o estábulo o mais rápido possível para acomodar Maple e Friday.

Na sequência, Luke ia embora e disse que me ligaria mais tarde, mas de jeito nenhum eu ia deixá-lo ir para aquela casa — o lugar que o fazia sentir que não era digno de nada — completamente sozinho.

Foi assim que acabei na caminhonete de Luke, com a cabeça no seu ombro e nossos dedos entrelaçados.

Ele estava tenso. Eu nunca o tinha visto assim. Nunca. Que desesperador ver alguém tão calmo ficar tão tenso.

Luke e eu conversamos sobre sua família no início as

aulas de equitação, o que parecia ter sido há uma eternidade agora. Eu sabia que ele não dava a mínima para o padrasto ou os irmãos, mas ainda se importava com a mãe.

Lydia Hale vivia num trailer a uns vinte minutos de Rebel Blue. Quanto mais próximo, mais Luke apertava minha mão. Acho que ele não tinha ideia do que esperar ao entrar na antiga casa.

Eu nem tinha noção de qual foi a última vez em que esteve aqui. Ele parou de dormir lá aos dezesseis anos e, por fim, recolheu todos os pertences no aniversário de dezoito.

Luke estacionou bem em frente, e eu ergui a cabeça. A grama estava bem-cuidada. Ele desligou o motor, sem nenhum movimento extra para sair da caminhonete.

— Emmy, não precisa entrar lá comigo.

Tirei seu cabelo do rosto.

— Você tem me apoiado tanto. Não precisa fazer isso sozinho.

— A minha vida foi bem diferente da sua, Emmy.

— E daí?

— Não sei o que vai acontecer ou como *ela* vai reagir. Não quero te pôr numa situação desconfortável.

Quando ele olhou para mim, havia dor nos seus grandes olhos castanhos. Partiu meu coração.

— Não sou uma princesa, Luke. Eu aguento. Vim aqui por você.

Luke suspirou.

— Não tem nada que eu possa dizer pra te fazer mudar de ideia, né? — Balancei a cabeça, e Luke beijou minha testa. — Beleza. Vamos lá.

Deixamos o carro e andamos de mãos dadas até a porta.

Quando Luke bateu, sua mãe levou segundos para responder. Eu não via Lydia desde a época da escola, e ela parecia quase igual, só que com mais rugas. Uma mulher pequena, com cabelo loiro bem desbotado para o cinza e olhos azuis. O cabelo batia na altura dos ombros. Ela segurava um cigarro aceso, e seus olhos estavam inchados de chorar.

Luke não parecia nada com ela. Ele era a cara de Jimmy, o que deve ter tornado mais difícil sobreviver no lar quando criança.

— Luke, querido, tô muito feliz que esteja aqui.

Lydia foi para fora e deu um abraço estranho com apenas um braço.

— Oi, mãe.

Ele não soltou a minha mão ao retribuir o cumprimento. Ela se afastou e olhou para mim.

— Clementine Ryder? É você?

Ela me observou de cima a baixo, encarando a mão de Luke na minha.

— Sim, senhora.

Lydia apertou os lábios. Será que ficou chateada pela minha presença?

— Bem, não estava esperando mais gente, mas entrem.

Sim, ela definitivamente ficou irritada. Luke apertou meus dedos, e eu fiz o mesmo ao entrar na residência.

A sala estava repleta de garrafas de cerveja e latas de coca-cola. A TV no canto reprisava um episódio de *The Newlywed Game*, exalando cheiro de fumaça.

Lydia se acomodou numa cadeira de balanço perto do sofá. Havia outra vazia. Devia ser de John. Luke me levou ao sofá bordô desbotado, e sentamos juntos. Ele ainda não tinha me soltado.

— Mãe, me conta o que aconteceu. Cadê o JJ e o Bill?

Os irmãos de Luke.

Lydia deu um suspiro trêmulo, como um aviso de que

podia voltar a chorar a qualquer momento. Pelo que Luke tinha me contado sobre o pai, eu achava que não havia algo para sentir falta, mas tentei não ser insensível com a perda dela.

— Não tenho notícias do John há dias. — Sendo motorista de caminhão, era normal ficar fora por longos períodos. Se Lydia estava preocupada, devia ter razão. — A empresa não conseguiu localizar o caminhão dele. O último sinal foi que estava perto da fronteira de Nevada. — Lydia deu uma tragada. Sua mão tremia. — Os meninos saíram, mas não consegui ficar aqui sozinha. Fica tão silencioso sem o John.

— Foi bom ter me ligado — falou Luke. — Nem sabia que a senhora tinha o meu número.

— Achei nas coisas do John. Num bilhete na mesa dele.

Devia ser da última ligação de Luke, na tentativa de falar com a mãe.

— Sinto muito, mãe. Sei que John é muito importante pra você. Com certeza ele tá bem.

A voz de Luke não transmitia nenhuma emoção. Devia estar tentando disfarçar o desprezo pelo padrasto.

— Sra. Hale, tem algo que a gente possa fazer enquanto estamos aqui? Preparar o jantar ou algo assim?

Lydia soprou a fumaça do cigarro na minha direção enquanto me examinava.

— Não preciso de mais nada dos Ryder. — O que ela queria dizer? — Vocês já tiraram meu filho de mim, e agora você pôs as garras nele.

Luke apertou minha mão de novo.

— Mãe, sabe que eu não podia ter ficado — declarou Luke, categoricamente. — Não odeie os Ryder por terem me dado o que você não pôde, e vou embora se falar com a minha garota assim.

Minha garota.

Isso foi muito significativo. Não era uma situação nova, mas nunca atribuí peso a ser a *namorada* de alguém.

— Como faz anos que não vejo a senhora, seria uma pena enorme.

Lydia contemplou as palavras do filho por um minuto, sem desviar os olhos de mim. Essa mulher não era mesmo fã da minha família.

— Tudo bem — respondeu, por fim.

Luke relaxou um pouco. Fiquei sentada enquanto ele e a mãe conversavam. Ele contou do bar e da casa, e de toda a reforma. Lydia ia se iluminando. Acho que ela estava orgulhosa do caçula, e sua irritação devia ter sido uma projeção da própria culpa.

Luke foi até a cozinha pegar um refrigerante para a mãe. Eu o segui para não ficar sozinha com ela. Socar o rosto de uma idosa não estava na minha lista de tarefas hoje.

— Desculpa por tudo — disse ele assim que pisamos no chão antigo de vinil da cozinha.

— Não é sua culpa. Certeza que não é melhor a gente tentar fazer com que ela coma ou algo assim?

Meu pai alimentava a família quando estávamos tristes. Ou felizes, aliás. Aderi a essa demonstração de cuidado.

— Não deve ter nada pra preparar.

Luke pegou uma coca-cola na geladeira e pôs no balcão antes de vasculhar as coisas. Havia sacos de lixo embaixo da pia.

— Mas vou dar uma geral.

— Eu te ajudo — falei.

Voltamos à sala, Luke entregou o refrigerante a Lydia e começou a catar as garrafas, latas e bagunças pelo cômodo. Enchemos três sacolas, e ele deixou ao lado da porta para levar quando saíssemos.

Enquanto limpávamos, Lydia desapareceu brevemente em outro cômodo.

Voltou com uma pilha de fotos e entregou a Luke.

— Achei com o seu número de telefone. Talvez você queira ficar com elas.

Luke aceitou a oferta, e nos sentamos no sofá de novo.

A primeira foto era ele de chapéu de caubói em cima de um cavalinho de pau. Muito fofo.

— Você tinha quantos anos? — perguntei, pegando o retrato.

— Não sei. Uns cinco ou seis.

Lydia confirmou na cadeira. Ela ficou um pouco mais receptiva, provavelmente porque eu tinha limpado a casa.

— Ele sempre quis ser um caubói.

Continuamos olhando as fotos. Luke pescando, brincando no quintal, sendo adorável de chapéu de caubói e festejando o Dia das Bruxas. Havia até uma de Jimmy segurando Luke bebê, mas ele passou rápido demais para eu poder ver de verdade.

Chegamos a um menino comendo num cadeirão. Pelo visto, um bolo de aniversário.

— Ah, eu amo essa. Você amava fazer aniversário. Achava que devia ser todo dia.

Luke ficou quieto, e seus ombros ficaram tensos. Ele devolveu a foto para Lydia.

— Não sou eu, mãe. É o JJ.

Como se fosse um prenúncio, um homem loiro e alto, mas não tão alto quanto Luke, passou pela porta. Ele usava um uniforme sujo de mecânico. JJ. Eu o reconheci imediatamente mesmo sem nunca ter visto pessoalmente. Tinha a mesma idade de Gus e trabalhava numa oficina da cidade. Havia duas: aquela onde você levaria seu carro e a outra na qual JJ trabalhava. Ele também cuidava de um negócio paralelo nada legal.

As primeiras palavras que saíram da sua boca:

— Que porra você tá fazendo aqui?

— JJ, Luke veio me ver — afirmou Lydia.

Luke pegou minha mão, e nos levantamos juntos do sofá. Ele ficou na minha frente enquanto andávamos até a entrada.

— Eu saí só por algumas horas, e você deixa esse bastardo entrar?

— Bom te ver também, JJ — Luke suspirou.

— Cala a merda da boca e vaza da casa do meu pai. Babaca.

— Olha, cara, só vim passar um tempinho com a minha mãe. Ela ligou e não queria ficar sozinha. Agora que você chegou, vou embora — explicou Luke. — Lamento pelo seu pai. Espero que ele apareça logo.

Luke me puxou para a porta, mas JJ bloqueou o caminho.

JJ não tinha o físico de Luke, de modo que Luke com certeza poderia resolver tudo com um soco, mas acho que ele não faria isso. Pelo menos, não na frente da mãe.

Que irônico. No aniversário de Teddy, fiquei muito brava por Luke bater em alguém. Agora eu queria que ele nocauteasse o irmão.

JJ pôs os olhos em mim.

— Emmy Ryder — falou, com frieza. Nossa, por que os parentes de Luke me odiavam? — O que tá fazendo com esse idiota?

— Não fala com ela, caralho — ordenou Luke.

Havia repulsa na sua voz. Uma postura inédita para mim. Imaginei quanto desprezo pela família ele mantinha debaixo dos panos.

— O que o Gus Ryder acha do parceiro comer a irmã caçula dele?

Se Luke fosse um personagem de desenho, fumaça sairia do seu nariz agora. Eu não ligava para o que JJ dizia — ele era um idiota —, mas Luke sim.

— Puta que pariu, disse pra não falar com ela. — Com uma mão, Luke empurrou JJ para fora do caminho. Com força. JJ tropeçou, e se ele fosse para cima de Luke a coisa ficaria feia. — Vamos, Emmy.

Ele ia me guiar para o jardim, mas virei para JJ.

— Sabe, você devia mesmo parar de ser tão babaca. Se mexer com a pessoa errada, alguém pode sussurrar pro xerife que você tem vendido mais do que só maconha no seu trailer.

JJ me encarou, brevemente chocado.

— Não quero ver nenhum de vocês nunca mais nessa casa. Vaza.

Luke e eu passamos pela porta e, antes que JJ pudesse fechar, olhei para Lydia. Havia lágrimas nos seus olhos.

Luke me puxou pela calçada, fazendo com que a gente chegasse na caminhonete o mais rápido possível. Aí ele me pressionou contra a porta do motorista e me beijou com vontade. Senti algo diferente no beijo. Algum significado maior.

Só não sabia explicar.

Depois encostou a testa na minha.

— O que foi? — perguntei, tomando fôlego.

— Ninguém nunca me defendeu assim antes.

Suas palavras me atingiram como um golpe. Luke Brooks, dono de um coração gigante, merecia muito mais do que aquelas pessoas. Ele era gentil, esforçado e sincero. Segurei Luke com os dois braços. Ele enterrou o rosto no meu ombro, e ficamos desse jeito por um tempo.

Quando entramos na caminhonete, voltei ao meu lugar, e Luke descansou o braço no meu ombro. Nas estradas menores da cidade, abaixamos as janelas para que o ar de verão tardio fluísse pela caminhonete.

— Quer conversar? — perguntei.

Luke suspirou.

— Desculpe pelo JJ.

— Imagina. Você merece coisa melhor, Luke. Você é mais do que o erro da Lydia e do Jimmy.

Eu o olhei, mas ele manteve a atenção na estrada.

Houve silêncio por um bom tempo até estacionarmos na calçada de cascalhos da casa dele. Desligado o motor, ele deitou a cabeça no volante e soltou um suspiro profundo. Acariciei suas costas.

— Que merda. É ruim torcer pro John continuar sumido?

— Não.

Luke levantou a cabeça para me olhar. Não parecia que eu estava olhando Luke, o homem de trinta e dois anos. Mas sim Brooks, o menino de quinze anos que faria qualquer coisa para ter uma família.

Eu o vi com tanta clareza nesse momento. Tirei do rosto dele uma mecha desgrenhada do cabelo escuro, aí dei um beijo suave.

Quando me afastei, ele disse:

— Obrigado por vir comigo, Emmy.

— Eu iria a qualquer lugar com você.

E falei sério.

Vinte e três

EMMY

A verdade é que nunca entendi bem a expressão "estar tremendo de medo" até agora, porque eu estava literalmente batendo os dentes.

Eu não ficava nervosa antes das competições, mas isso ficou no passado. Meu coração parecia prestes a parar de vez.

Em uma piscada, as regionais haviam chegado.

Pratiquei com Maple alguns dias por semana — andando, trotando e saltitando, com cuidado para não sobrecarregar. Às vezes, Luke ia comigo. Eu não ficava mais tão tensa. Finalmente acreditei estar segura.

Enquanto praticava, lembrei com facilidade por que eu amava a prova de três tambores. Era a única modalidade de rodeio em que a equitação não era avaliada — tinha tudo a ver com o tempo —, mas ainda precisava ser uma baita amazona para alcançar o sucesso. Eu gostava do fato de que ser habilidosa estava tão enraizado no esporte que nem servia como critério. Isso me atraiu desde o início.

Aqui na arena, rodeada de colegas e conhecidos, tudo era diferente. Pessoas que eu amava estavam presentes. Meu pai, meus irmãos, Luke, Teddy, Hank — até Cam e o noivo tinham vindo para trazer Riley. Estava cercada pela minha rede de apoio. Nada podia ser mais útil.

Cumpri a rotina pré-prova, mas a tremedeira não parava. Não estava correndo perigo de sofrer um ataque de pânico completo, mas com certeza sentia um certo pânico.

Teddy pregou o alfinete com o meu número na camisa porque minhas mãos não paravam quietas.

— Emmy, o que foi? Você nunca fica assim.

Não havia motivo para mentir agora. Escondi a verdade por tanto tempo. Não queria ir adiante.

— É a primeira competição depois que caí do cavalo em junho. Por isso voltei pra casa. Fiquei tão deprimida e fechada que não consigo me controlar.

As palavras escaparam antes que eu pudesse refletir.

Teddy piscou devagar. Achei que ela ia me dar uma bronca por não ter contado antes. Eu devia ter feito isso. Ela era minha melhor amiga. Devia ter contado. Para ela e todo mundo.

— Sinto muito por ter carregado esse peso sozinha.

Não soube como reagir porque, na verdade, não estive sozinha.

Luke me ajudou.

— Teddy. Preciso que faça uma coisa por mim.
— Qualquer coisa, meu amor.
— Pode chamar o Luke?

Minutos depois, Teddy voltou com Luke. Ele usava a calça jeans e a bota de sempre, mas em vez de regata tinha escolhido uma camisa com botões e um chapéu preto de caubói.

Meu caubói.

Ele entrou na área das amazonas, visivelmente preocupado. Minha tremedeira deu uma melhorada. Seus olhos me encontraram, e ele veio em linha reta, seguido por Teddy.

E segurou meu rosto.

— O que houve, gatinha? Um ataque de pânico?

Fiz que não com a cabeça.

— Só precisava de você.

— Tô aqui.

Ele me abraçou, e fiquei derretida. Fez carinho no cabelo, nas mãos, nas costas e nos braços. Ficamos assim e, a cada passada das suas mãos, o nervosismo diminuiu até parar.

Ele sentiu também, porque se afastou, se apoiando no meu ombro.

— O que tá passando nessa sua cabeça linda?

A voz suave que ele usava apenas comigo.

— Acha que vou conseguir?

— Com certeza. Mas a minha opinião não importa. Você precisa ter confiança também.

Claro que ia dar um discurso motivacional.

Mas, de fato, funcionou. *Ele* fez eu me sentir melhor.

— Uau, tô ansiosa pro seu curso de coach.

Luke apertou meu nariz.

— Engraçadinha. Mas, se o sarcasmo tá afiado, então já tá melhor?

— Sim, tô. — Eu o abracei. Podia nunca sair daqui. Eu queria ficar juntinho para sempre. — Obrigada.

O coordenador do evento veio dar o aviso de dez minutos.

— Gatinha. — Luke beijou minha testa. — Tô muito orgulhoso de você.

— Nem corri ainda — falei contra seu peito.

— Você nem precisa competir. Se cancelasse tudo agora, eu ainda teria orgulho de você.

— Ah, é?

— Sim. — Ele deu mais um beijo na testa. Era como se eu flutuasse com esses beijinhos. Uma coisa muito íntima.

Ele pôs o dedo embaixo do meu queixo, me forçando a retribuir o olhar.

— Então, vamos dar o fora?

Eu estava determinada.

Queria correr.

E ganhar.

— Não.

— Essa é a minha garota.

Luke deu um sorriso tão grande que se formaram rugas ao redor dos seus olhos castanhos. E demos um último beijo.

Sabe quando o mocinho e a mocinha dos filmes de ação se beijam antes da batalha e, de repente, ficam prontos para vencer alienígenas, monstros mutantes ou sei lá o quê?

Eu entendi perfeitamente.

LUKE

O coordenador chamou as competidoras da prova dos tambores, e soltei Emmy. Eu queria viver mais momentos assim com ela.

Ela pegou seu chapéu de caubói na mesa ao lado.

— Obrigada.

E foi à entrada.

Nossa, como a bunda ficava gostosa naquela calça jeans.

Eu a observei até perder de vista a camisa vermelha. Notei que Teddy me encarava. Não consegui decifrar sua expressão, mas não parecia ruim. Tomara.

Honestamente, eu tinha esquecido que ela tinha acabado de presenciar nosso segredo.

— Que foi? — perguntei.

Ela balançou a cabeça de leve como se estivesse em transe.

— Você tá apaixonado.

Não foi uma pergunta.

— Sim, eu tô.

Não havia motivo para mentir para Teddy. Se ela não tinha me batido no dia que foi ao escritório me interrogar, provavelmente não ia bater agora.

— Ela sabe?

— Ainda não.

— Devia contar.

— Eu vou.

— Ela também te ama, sabe?

Essa ideia me aterrorizava, mas também fazia eu me sentir o homem mais sortudo do mundo. Estar apaixonado era novidade, mas pretendia ficar com Emmy de qualquer forma. Eu queria as danças lentas na cozinha, as noitadas com doses de bebida, as cavalgadas pela montanha, o sexo ardente, os cochilos da tarde e os passeios de janelas abertas pela estrada.

Tudo, tudinho.

— Como você sabe?

— Ela pediu pra te chamar. — Teddy deu de ombros. — A Emmy nunca pede nada. Ela só abaixa a cabeça e lida com as coisas de um único jeito: remoendo tudo no próprio cérebro. Mas ela pediu por você.

Vinte e quatro

LUKE

Teddy e eu voltamos para a arquibancada onde a torcida de Emmy tinha se acomodado. Quando Teddy foi me buscar, eu estava na fila da bebida; e agora, de mãos abanando. Talvez ninguém notasse.

— Cadê as cervejas, cara? — perguntou Wes.

Putz.

— A fila estava grande demais.

Verdade. Só não fiquei muito tempo esperando.

— E?

— Não gosto tanto assim de você.

Wes mostrou o dedo do meio.

Camille, seu noivo e Riley tinham acabado de chegar. Não ia lembrar o nome do cara por nada no mundo, então evitei interagir.

Ocupei o lugar que Gus tinha guardado, entre ele e o pai. Amos deu um aperto no meu ombro.

— Obrigada por vir, Luke. Sei que a Emmy ficou feliz.

Por que diria algo assim? O que ele sabia?

— Hum, é — balbuciei. — Talvez.

Belo disfarce.

Amos apenas deu um sorrisinho. Fiquei apreensivo.

Antes que pudesse interpretar demais, a voz do locutor

ecoou pelos alto-falantes, anunciando a prova de três tambores. O grupo de Emmy prestou atenção. De acordo com o cronograma, ela seria a última.

— Sabe, a Emmy não compete em Meadowlark desde antes da faculdade. Já vi centenas de vezes, mas tem algo especial quando acontece na cidade.

Amos soava... emotivo? O homem não tinha medo de sentimentos. Ele dizia "eu te amo" aos filhos, abraçava todo mundo e deixava Riley pintar suas unhas, mas acho que nunca vi ficar emocionado.

As primeiras duas competidoras contabilizaram dezesseis segundos. O recorde de Emmy em Rebel Blue havia sido 16.5 segundos, então ela tinha boas chances.

Outras duas derrubaram um tambor, então houve penalidade de cinco segundos. Com certeza Emmy podia superá-las.

A prova de três tambores passava rápido, não demorou para chegar a vez dela. A amazona anterior foi até a linha de partida. Quando a pistola soou, ela foi para a direita. Bem rápida. O cavalo chutava terra e acelerava, mas ela parecia instável — até bateu num tambor. Ainda assim, foi a melhor: 15.7 segundos. Como nenhum tambor caiu, nada de penalidade.

— E, por último, mas definitivamente não menos importante... — falou o locutor. Vi um pontinho vermelho na arena. Emmy e Maple estavam a postos. Comecei a balançar a perna. — ... competindo na cidade natal pela primeira vez em nove anos, a detentora de recordes e tetracampeã: Clementine Ryder.

Ele puxou o último "r", e todo mundo na torcida foi ao delírio. A maioria das pessoas na arquibancada levantou também.

Meadowlark tinha comparecido para apoiar sua queridinha.

Emmy estava linda de morrer com o chapéu de caubói marrom, camisa de botões e calça jeans da Wrangler. Ela acariciou o pescoço de Maple. Ambas pareciam calmas.

Ótimo.

Dado o tiro, Emmy disparou.

E foi para a esquerda.

Por que raios essa direção? Todos devem ter pensado a mesma coisa, e Gus até se perguntou em voz alta.

Nessa prova, o jeito mais eficiente de completar o padrão de trevo era pelo tambor da direita, depois o da esquerda e, então, o do centro. Eu nunca tinha visto Emmy passar tão perto do primeiro. Terra voava pelos ares, mas ela mantinha absoluto controle.

Mesmo longe, eu via como estava focada.

Ela foi para o tambor da direita, mantendo a velocidade, mas deu a volta com mais folga. A essa altura, ela estava basicamente empatada com a adversária.

Essa é minha garota.

Restou apenas um tambor, e Emmy o perseguia. Ela não desacelerou, passando rente. Puta merda. A precisão era de outro mundo. Ela completou a volta e impulsionou Maple com força.

Todos nós gritávamos "Vai, vai, vai", e Emmy continuava *indo* para caralho.

Mal respirei quando cruzou a linha de chegada, enfim desacelerando.

Catorze ponto oito segundos. Meu coração parou, e a multidão explodiu com o resultado do cronômetro. Gritos totalmente para Emmy.

— Pessoal! Clementine Ryder continua uma grande competidora, deslizando facilmente para o primeiro lugar e quebrando o próprio recorde de 14.9. Que corrida!

Muitos aplausos. Amos abraçou a gente. Gus me deu um tapa nas costas e celebrou até com Teddy.

Emmy e Maple voltaram para a arena, dando a caminhada da vitória. Emmy ficou radiante. Seu sorriso era como uma chama selvagem, e eu quase podia sentir seu calor. Ela nos avistou na multidão, cumprimentando com o chapéu.

Amos, Gus, Wes, Teddy e eu, todos deixamos os lugares, não dando a mínima para os próximos eventos. Camille, o noivo e Riley ficaram com Hank. Teddy conversou com eles rapidinho, pedindo que ajudassem o pai dela a descer as escadas do estádio, onde estava a cadeira de rodas.

A gente tinha vindo por um único motivo — Emmy. Então fomos até ela.

Deixei Teddy liderar o grupo, para eu não chamar atenção ao dar parabéns, por mais que quisesse ficar pertinho.

Nossa, eu estava muito orgulhoso dela.

Logo na entrada, avistei Emmy de vermelho.

— Emmy! — gritou Teddy.

Emmy correu até nós.

Não, espera.

Até *mim*.

EMMY

Consegui. Eu consegui, porra.

Depois do acidente, do pânico, da ansiedade e da espiral que me trouxe para casa, deu tudo certo. Participei da última competição de um jeito que me deixou orgulhosa.

Levei Maple ao pasto e a enchi de abraços e beijos antes voltar à entrada, torcendo para encontrar minha família e Luke.

Olhei ao redor, mas nada deles.

— Emmy!

Ouvi a voz de Teddy. Até que enfim. Encontrei os Ryder, minha melhor amiga e o homem por quem estava totalmente apaixonada, e eu finalmente podia admitir isso.

Meus pés correram até ele.

Eu me joguei nos seus braços, e os chapéus caíram na terra.

Luke soltou uma risada, mas me segurou. Ele ainda me rodou algumas vezes.

— Você foi maravilhosa.

Seu olhar deixou meu coração na garganta. Em vez de responder, eu o beijei enquanto ele me abraçava. Foi impossível me conter.

Ele enfiou o outro braço no meu cabelo. Não me importei que minha família e quase toda Meadowlark estavam assistindo. Luke não era meu segredo.

Ele era apenas meu.

A gente se beijou, completamente imerso no momento. Sorri para ele. Seus olhos castanhos analisaram meu rosto. Ele parecia atordoado, como se não acreditasse no que havia acabado de acontecer. Eu também me sentia assim: tanto pela competição quanto pelo beijo.

— Emmy, eu...

Luke não terminou a frase porque Gus disse:

— Mas que porra é essa?

Luke me pôs no chão, mas não largou completamente. Como se estivesse pronto para pular na frente de uma bala, ele ficou tenso.

Teddy sorria. Meu pai tinha uma expressão estranha no rosto, e o coitado do Wes parecia bem confuso.

Pela cara, Gus queria tacar fogo em Luke.

— Hein, caralho?

— Olha, cara, posso explicar...

— Gus... — comecei.

— Cala a boca, Emmy.

Eu recuei, sentindo Luke me segurar um pouquinho mais forte antes de entrar na minha frente.

— Você tá bravo, mas não fala com ela desse jeito — declarou Luke, firme. — Se vai perder a cabeça com alguém, que seja comigo.

— Ah, sim. Tá de sacanagem comigo, Brooks? Minha *irmã*? Acha que vai brincar com ela?

— August, se acalme — ordenou nosso pai.

Sua voz grave soou severa. Ele não usava esse tom com frequência, mas era assim que nos punha na linha.

Não desta vez.

Wes tentou parar Gus, mas ele se desvencilhou. Luke agiu rápido, me empurrando para trás, só não desviou do soco.

O punho de Gus atingiu o rosto de Luke com um estalo. Ele não caiu no chão, mas tropeçou, tomando cuidado para não me derrubar.

Esse homem ainda estava preocupado comigo mesmo depois de ser nocauteado.

— Que merda, Gus! — berrei.

Meu irmão sacudia a mão como se tivesse se machucado.

Ele foi para cima de Luke, mas me enfiei no caminho. Wes agarrou o ombro de Gus, com mais sucesso.

— Não acredito. Eu sabia que você era um fracassado. Mentiroso é novidade.

As palavras pareceram afetar Luke mais do que o golpe.

— Gus, fica calmo — interrompeu Wes. — Vamos esfriar a cabeça, beleza?

— O quê? Como se a gente acabou de ver esse idiota com a língua na nossa irmã?

Que venenoso. Luke me manteve firmemente atrás dele, me protegendo daquela raiva. Pessoas se reuniram em volta, e com certeza isso alimentaria o monstro da fofoca de Meadowlark por semanas.

— Gus, se controla. — Teddy interveio. Ela entrou na frente, me protegendo do jeito que havia prometido. — Sai daqui antes que a sua filha te veja agindo como o lunático raivoso que acabou de socar a cara do tio dela.

A menção de Riley o atingiu. Ele não se acalmou, apenas se conteve. Encarou Teddy, Luke e eu.

— Sai daqui, filho — pediu meu pai.

— Não acredito que vocês estão de boa com isso — falou Gus, amargo, mas foi embora, e Wes o seguiu. Ia cuidar dele.

Meu pai foi até Luke, e pôs a mão no ombro dele.

— Tá bem, filho?

— Sim, tudo bem. Amos, me desculpa...

Meu pai ergueu a mão para Luke parar.

— Nada disso. Clementine, por que não vai pra casa com a Teddy? Vamos dar uns dias pra Gus esfriar. Eu cuido do Luke.

— Mas... — Meu pai me deu uma olhada, insinuando que isso não era negociável. Teddy me puxou para longe de Luke, algo que eu absolutamente não queria fazer.

— Teddy, não posso deixar o Brooks.

— Pode, sim. Temporariamente. Seu pai vai cuidar dele, e metade da cidade tá só esperando o Gus meter mais porrada. Vamos embora.

Vinte e cinco

LUKE

Olhei no espelho. Gus tinha me dado um baita olho roxo, mas não podia culpá-lo. As beiradas já estavam amarelas, mas eu ainda parecia bem deformado.

Fazia alguns dias desde as regionais, e eu não tinha visto Emmy. Pretendia dar espaço para Gus se acalmar, mas sem intenção nenhuma de desistir de Emmy. Nunca.

Apesar de tudo, a gente conversava todo dia. Ela era minha garota.

Gus precisava me dar uma trégua que não envolvesse outro soco. Pela minha intuição, demoraria mais se ele ficasse me vendo com sua irmã caçula, por mais que Emmy não gostasse da ideia de ficar longe.

Teddy estava ficando na cabana, o que me confortava. Fui temporariamente banido de Rebel Blue. Emmy estava com raiva de Gus, e Gus estava com raiva de mim.

Eu me sentia um bosta.

Quando Emmy foi embora com Teddy, Amos pegou um pacote de gelo para o meu olho. Ele não insinuou nada ruim, diferente do que eu estava esperando. Em vez disso, andou comigo até a caminhonete e disse:

— Ele vai superar.

— Não sei, não.

— Eu sei. A Emmy voltou ferida pra casa, e não precisa ser um gênio pra descobrir quem a ajudou a se recompor. Obrigada por cuidar da minha menininha.

— Ela sabe cuidar de si mesma.

— Sim, mas ainda bem que não precisou passar por isso sozinha.

Confesso que não esperava apoio de nenhum dos Ryder, mas Amos demonstrou estar realmente feliz por mim e Emmy. Foi o bastante para suportar esses dias, apesar da saudade.

Que estranho pensar em como eu conhecia Emmy desde sempre, mas estávamos apenas vivendo vidas paralelas. Agora não me imaginava sem ela. Fui arrebatado por inteiro.

Eu a amava. Profundamente.

E nem pude dizer.

O celular vibrou na pia do banheiro. Emmy tinha mandado um print de uma música de Brooks & Dunn.

> **EMMY**
> Bom dia.
> Saudade.

> **LUKE**
> Pelo menos você tem outro Brooks pra fazer companhia.
> Saudade também, gatinha.

A campainha tocou. Que estranho. Ninguém nunca me visitava. A maioria das pessoas nem sabia onde eu morava. Se alguém precisasse de mim, bastava procurar no Bota do Diabo ou em Rebel Blue. Dei uma última examinada no olho roxo.

Era Gus. Parecia que não tinha dormido. A barba, geralmente bem-aparada, estava comprida como nunca.

— Posso entrar?

Apoiei na soleira da porta e cruzei os braços.

— Não sei. Veio deixar o outro olho roxo?

Gus olhou para os pés.

— Não. Vim falar sobre a Emmy.

Inesperado. Permiti que entrasse e odiei a estranheza entre nós.

— Quer uma xícara de café?

Se não fosse por volta das sete horas, ofereceria cerveja. Talvez sobrevivesse à conversa com uma latinha.

— Sim, seria ótimo.

Já estava pronto na cafeteira. Servi as xícaras, e nos sentamos na mesa da cozinha.

Que negócio estranho. Em quase duas décadas de amizade, nunca houve briga. Nada que tivesse durado mais do que algumas horas. Ficamos em silêncio até Gus tomar a iniciativa.

— Desculpa por te bater. — Gus Ryder raramente se desculpava. — Mas você sabe que esse é o meu primeiro instinto quando vejo alguém beijando a minha irmã.

— Desculpa por você ter descoberto assim. — Fui sincero, mas não daria o braço a torcer pelo beijo em si. Aconteça o que acontecer, Emmy era minha.

Mais silêncio.

— E desculpa pelo que falei. Não quis dizer aquilo. — Não soube o que responder. As palavras de Gus machucaram bastante, mesmo que eu tenha tentado abstrair. Gus olhou para sua xícara e disse: — Você é uma das melhores pessoas que eu conheço.

— Você sabe atingir o ponto fraco de um homem.

— Me desculpa mesmo.

— Me desculpa também.

Suspirei. Odiava toda essa merda, mas a culpa era minha por me apaixonar por Emmy, só que nunca me arrependeria disso. Nem de ter passado do limite. Foi recíproco, e também a melhor coisa que já aconteceu comigo.

— Faz quanto tempo?

— Começou algumas semanas depois que Emmy voltou.

Gus apertou os lábios. Ele queria extravasar a raiva, mas estava se segurando.

Graças a Deus. Eu não queria ser vítima de outra agressão física ou verbal.

— E não pensou que talvez devesse me avisar que ficou a fim da minha irmã?

— Claro que sim, e ia contar assim que a Emmy estivesse pronta. Mas, fala sério, você teria reagido diferente?

— Calma. — Ele balançou a cabeça, incrédulo. — Foi por causa da Emmy? — Fiz que sim. — Então não foi você que manteve segredo?

— Não, a Emmy precisava de um tempo.

— Não foi você que escondeu?

— Não. Assim que percebi a dimensão do que estava rolando, quis que você soubesse.

Falei a verdade. Eu só não soube como vir a público.

— E qual é o lance?

Respirei fundo, torcendo para que não rendesse mais um soco, mas Gus precisava ouvir toda a história.

— Tô apaixonado. Tipo, pra cacete.

Gus arregalou os olhos. Ele era meu melhor amigo. A gente conversava. Ele sabia que eu nunca tinha amado ninguém, que eu nem sabia se era capaz disso, mas foi antes de Emmy.

Ela era tudo.

— Ela te ama?

— Não sei. Ainda não contei.
— Não?
— Bem, na primeira oportunidade, um idiota arrebentou o meu rosto. Meio que estragou o clima, sabe?

Gus deu um sorriso tímido e esfregou a nuca.

— Escuta, é estranho pra caralho você estar ficando com a minha irmã, mas ela tá muito deprimida desde as regionais. Se recusa a falar comigo e tem trabalhado sozinha no rancho. Odeio quando ela se isola assim.

Esse era o padrão quando ficava chateada.

— Tô puto por você ter mentido, ainda mais sobre a única garota proibida no planeta, mas não achei que precisasse te alertar. Não vou dizer que tá tudo bem, porque *eu* não tô.

Ai.

— Mas acho que... — Suspirou. — Posso ficar. Um dia.

Eu o encarei com expectativa.

— Emmy tá cuidando dos bezerros no lado sul do rancho. — Eu fiquei confuso. — Você pode ir lá fazer uma declaração ou sei lá.

Ele falou sério?

Cavalo dado não se olha os dentes. Ele não precisava dizer duas vezes. Peguei as chaves no gancho. Estendi o braço, torcendo para que Gus retribuísse.

E demos um aperto de mão.

Enquanto eu corria, ele gritou:

— Se partir o coração da minha irmã, um olho roxo vai ser o menor dos seus problemas.

Vinte e seis

EMMY

Havia amarelo e vermelho entre as árvores verdes de Rebel Blue. O outono estava a caminho. De manhã, eu cuidava para que nenhum bezerro do lado sul do rancho escapasse. Isso vinha acontecendo com mais frequência este ano, e os buracos na cerca ainda não haviam sido completamente remendados.

E lá fui eu.

Sozinha.

Andei ao redor com Maple. Eu me perdia facilmente nos pensamentos nesse dia silencioso. A mente estava a milhão, assim como quando voltei para Meadowlark.

Eu mal conseguia dormir, então acordar tão cedo não era muito difícil. Mau sinal.

Eu dormia muito melhor abraçada no meu caubói.

E continuava muito puta com Gus. Ele tinha tentado falar comigo nos últimos dias, foi impedido de entrar na cabana pelo meu cão de guarda — Teddy. Caso contrário, eu ia me arrepender do que responderia.

Teddy estava em casa comigo, deixando eu ficar na minha, mas também dando a oportunidade de me abrir sobre tudo: a vitória nas regionais, os planos para o futuro e, claro, Luke.

— Ainda não acredito que o Luke levou um soco por sua causa. Ele geralmente é o cara que bate — disse ela enquanto estávamos deitadas na cama na manhã seguinte à competição. — O homem tá apaixonadíssimo, Emmy. Devia ter visto na arquibancada. Não tirava os olhos de você. Não entendo como ninguém percebeu nada. Pena que o seu grande momento foi ofuscado pelo Gus sendo um completo e total idiota.

— Ele foi terrível mesmo. Não acredito no que disse pro Luke.

O que mais machucou o Luke foram as palavras. Ele aguentava um soco, mas não o ódio do melhor amigo.

— Foi foda. Mas eles vão se resolver. Ou morreriam de saudade.

— Espero que esteja certa. E obrigada por intervir. Foi você que acalmou o Gus, ou pelo menos mandou ele embora.

Teddy soube exatamente o que dizer.

— Disse que cuidaria dele. Já falou com o Wes? Ele parecia bem calmo.

— Pois é. Ele é protetor, mas de outro jeito. O Wes percebe quando alguém tá infeliz, e eu cheguei aqui miserável. Acho que ele só ficou aliviado por me ver bem. E já tinha me flagrado com uma camiseta masculina na manhã depois daquele jantar de família. Fora que o Brooks não estava no estábulo, e a caminhonete tinha ficado por lá.

Teddy gargalhou.

— Meu Deus, vocês dois são ruins mesmo em guardar segredo.

— Eu sei. Acho que meu pai desconfiava também. Todo mundo só esperou um deslize pra tudo voltar ao normal.

Meu pai tinha ido até a cabana depois do fatídico episódio para avisar que Luke estava bem. Antes de ir embora, ele disse ao dar o típico abraço de Amos Ryder:

— Eu gosto disso. Você com o Luke.

Teddy continuou:

— Depois que superei o choque, acho que faz sentido, digo, você e o Luke. E quando vi como ele te acalmou antes da competição. — Ela se abanou. — Fiquei tipo, uau, esses dois são gatos.

— Cala a boca — dei risada.

— É verdade. Nunca vi você se derreter assim. E nunca vi o Luke sem estar destrambelhado. Vocês atraem o lado bom um do outro.

— E o que isso significa?

— Algumas histórias românticas são iguais a um incêndio rápido, mas essa é calma. Um tipo de amor forte e estável. — Ela tinha razão. Acima de tudo, Luke fazia eu me sentir segura. — O Gus vai cair na real.

Tomara.

Eu tinha passado por Gus no Casarão e fingi que não vi, o que deve ter deixado o meu irmão ainda mais irritado. Tanto faz. Eu o amava — o bastante para ficar longe de Luke, dando um tempo para Gus aceitar o fato de que seu melhor amigo e sua irmã caçula estavam juntos.

No fim, alguns dias sem Luke não eram nada comparados à vida toda que passaria ao seu lado, mas ainda odiava a distância.

Luke ia conversar com Gus, pelo menos para tentar aliviar o clima, mas eu já estava cansada dessa situação.

Eu o amava.

E nem tive a chance de dizer.

Luke era um acontecimento bastante inesperado, ainda mais para uma mulher que vivia marcando itens na lista de tarefas. Não havia o campo "se apaixonar por Luke Brooks", mas fiz isso mesmo assim.

Nem "voltar para Meadowlark". De início, apenas fugi de Denver.

Agora eu pretendia ficar.

Com Luke.

Assim que Gus parasse de agir como um bebezão.

Contemplei Rebel Blue pensando em Luke. Eu sentia tanta saudade que quase ouvi me chamarem.

Suspirei.

Maple mexeu as orelhas, então não foi imaginação.

Puxei as rédeas. Um cavaleiro vinha galopando.

Eu o reconheceria em qualquer lugar.

Luke.

Ele fazia Friday trotar rapidíssimo na manhã úmida. Tratei de desmontar e prendi a égua na cerca.

Luke saltou, literalmente, a um meio metro de nós. E caiu de pé. Friday parou perto de Maple. Notei que nem estava selado. Luke tinha cavalgado assim pelas trilhas mais tortuosas do rancho.

Tudo por mim.

Estava ofegante, e os olhos, brilhantes. Sem o chapéu, o cabelo ficou bagunçado. Ele parecia possuído. Do melhor jeito.

Os dias longe passaram feito meses. Não ia ficar mais um segundo sem tocá-lo.

Corremos até colidir.

Ele me segurou com força, como se tivesse medo de eu desaparecer.

— Oi, gatinha — falou no meu ouvido.

— Oi — dei um suspiro. — O que tá fazendo aqui?

— Preciso te falar uma coisa.

Eu também, mas ia deixar para depois. Ele segurou meu rosto com aquelas mãos fortes. Agarrei Luke pelos pulsos.

Seus grandes olhos castanhos me analisaram. Ele parecia nervoso.

— Te amo, Clementine Ryder — declarou, sincero. Fiquei atônita. — Tô completamente apaixonado por você.

Lágrimas brotaram nos meus olhos.

— Você e aquela bendita saia viraram a minha vida de cabeça pra baixo, e vai continuar assim pra sempre.

Uma lágrima escapou pelo canto do meu olho. Luke limpou.

Cuidadoso como tantas vezes nos últimos meses.

— Não chora, gatinha. Sabe que odeio quando chora.

— São lágrimas de felicidade.

Ele me beijou, suave e devagar. Eu nunca me acostumaria com o toque dos seus lábios. Tipo, para que a minha boca foi feita se não para viver beijando este homem? Fomos arrebatados por um beijo perfeitamente sincronizado. O aperto na minha cintura me aqueceu de dentro para fora.

— Você é o meu destino, Emmy.

As palavras me levaram igualmente ao delírio.

Beijar Luke deixava minha cabeça toda confusa. Uma delícia.

— Tenho que te falar uma coisa.

— Depois. — Continuou me beijando, com uma mão nas minhas costas. Eu o empurrei com jeitinho. Ele me encarou faminto, como se tivesse enlouquecido sem mim.

E vice-versa.

— Eu também te amo, Luke Brooks. Fui feita pra você.

Luke deu aquele sorrisinho com rugas nos olhos — o meu favorito —, e eu me joguei nos braços dele.

Lar doce lar.

Epílogo

LUKE

Emmy estava desmaiada ao meu lado. Não havia ninguém que dormisse tão profundamente. Acho que nem uma bomba serviria de despertador. As pernas ficaram enroscadas nas minhas; a boca, escancarada; o cabelo, bagunçado. Ela roncava um pouco. Bonita demais com uma das minhas camisetas velhas.

Essa mulher era o amor da minha vida.

Ajeitei uma mecha do seu cabelo, fazendo com que se aconchegasse. Dei um beijo suave na testa, e ela continuou se remexendo e me abraçando.

E eu que era a jiboia.

— Bom dia — falou com um bocejo.

— Bom dia, gatinha. Dormiu bem?

— Uhum. Que horas são?

— Seis e pouco. — Emmy resmungou. Manhãs não eram a sua praia. — Você tem que ir pro rancho.

Hoje era o primeiro dia das aulas de equitação em Rebel Blue. Emmy tinha assumido todas as turmas. Cedi as minhas com prazer. Ainda ajudava no estábulo durante a semana, a pedido de Gus, mas fiquei com bastante tempo livre. Então podia me concentrar no Bota do Diabo.

A coisa toda entre mim e Gus ainda estava tensa, mas

havia melhorado. Ele tinha parado de fazer cara feia quando eu tocava Emmy, uma vitória.

— Tem café? — perguntou Emmy.

O rosto estava enfiado no meu peito.

— Sempre. — Dei outro beijo no cabelo.

Eu amava acordar juntinho. Ela passava algumas noites por semana na minha casa, as minhas favoritas.

Emmy começou a me dar selinhos pelo peito e pescoço, e eu fiquei duro na hora. *Essa mulher.*

— Emmy.

Fingi preocupação. Emmy deu uma risadinha, soltando o ar na minha pele. Quando se tratava da minha garota, eu não me controlava. Pus as mãos por baixo da camiseta velha e deslizei por todo seu corpo enquanto ela ia até a minha a boca.

Rolei para ficar por cima.

— Não vai se atrasar no primeiro dia. — Mesmo assim, já estava botando a calcinha para o lado e enfiando os dedos dentro dela. Na verdade, não me importava com o atraso.

— É melhor ser rápido, então.

Ela ficou ofegante.

— Isso é um desafio? — Já tinha posto dois dedos. Ela arqueou as costas e deu um gemidinho. — Responde, gatinha. É pra eu te fazer gozar?

— Aham. Por favor.

Continuei masturbando Emmy, passando para o clitóris. Quando chupei o mamilo, dei uma mordidinha, e ela fez mais barulho.

— Você já tá molhada. Aposto que teve um sonho safado comigo. — Fui lambendo o caminho até o pescoço. Emmy fodia a minha mão sem nenhuma vergonha.

Ela estava quase lá. Conhecia seu corpo de dentro para fora. Me concentrei no clitóris enquanto ela cavalgava. Assim era o melhor jeito.

E ficou tensa, quase no limite. Ver Emmy gozar era mais bonito do que o pôr do sol de Wyoming. A boca estava aberta, e os olhos se reviravam.

Normalmente, eu fazia Emmy olhar para mim.

Mas não hoje.

Ia deixar que se acabasse.

E aconteceu.

Eu não parei a masturbação durante o orgasmo, e meu pau ficou dolorido. Por fim, joguei a calcinha de qualquer jeito. E penetrei. A gente gemeu e beijou na boca, e foi a vez dela de ficar por cima.

Com a cabeça para trás, o cabelo comprido encostava nas minhas coxas enquanto ela dava pra mim.

Puta que pariu, que vista incrível.

— Cavalga!

Fiz um café da manhã rápido enquanto Emmy estava no banho: ovos e torrada. Eu não era o melhor cozinheiro, mas esse era o cardápio favorito dela. Aí o celular vibrou. Uma mensagem da minha mãe.

John voltou para casa dias depois da nossa visita. Pelo visto, ele saiu da rota e se perdeu. Com certeza a avenida de cassinos em Reno, onde foi rastreado, não tinha nada a ver com isso.

Agora que minha mãe me ligava, nós conversávamos um pouco, ainda que não tivéssemos de fato um relacionamento. Eu não sabia como me sentir a respeito, mas não ia negar que era legal que ela se importasse.

Quando Emmy entrou na cozinha depois do banho, meu coração acelerou.

Ela estava linda de calça jeans apertada e camiseta branca de manga comprida. Eu adorava o cabelo bagunçado tanto quanto desse jeito, preso para trás.

— Que cheiro gostoso. — Pegou o porta-comprimidos que eu tinha dado de presente.

Ela vinha tentando seguir o tratamento para TDAH, então seria melhor se não se preocupasse em trazer o remédio toda vez que passava a noite.

Ela encheu duas xícaras. Peguei o creme de leite na geladeira, deslizando pela bancada. Eu não gostava do café assim, mas tinha começado a comprar o creme para Emmy.

Sentamos frente a frente. Quando Emmy começou a comer, vasculhei o bolso até encontrar o pedacinho de metal.

E entreguei.

Ela parou no meio de uma mordida, e meu coração martelou no peito. Será que cometi um erro?

— É o que eu tô pensando? — Abaixou o garfo.

Só assenti, incapaz de abrir a boca.

Ela continuou analisando a surpresa. *Merda*. Estraguei tudo, né? Claro que ela não queria a chave da minha casa. Que doideira.

Eu estava prestes a enlouquecer, até que Emmy sorriu. Meu coração ficou paralisado.

Ela pegou o presente no balcão e sentou no meu colo.

— A gente pode ir mais devagar. — Para um homem que não conseguia falar há menos de um minuto, eu estava vomitando as palavras. — S-sem pressão nem nada. Liberei uma gaveta no quarto e no banheiro...

Emmy me beijou.

— Cala a boca, Luke.

Nossas testas se encostaram.

— Isso é um sim?

Dei um sussurro. Tive medo de assustar Emmy, mas ela assentiu. Dei um selinho na sua mão.

— Te amo.

Não importava o quanto estivesse acostumado. As palavras ainda me aqueciam completamente, como na primeira vez.

O retorno de Emmy a Meadowlark foi a melhor coisa que aconteceu comigo. Nunca esperei que ficássemos amigos, muito menos me apaixonar por ela.

Se antes nossas vidas eram paralelas, agora ela estava na minha frente.

Lembrei daquela noite no Bota do Diabo. Nem imaginava que minha garota estava enfrentando dificuldades. Ela era apenas a ideia da mulher que passei a amar mais do que tudo. A gente só precisava de lenha na fogueira.

— Também te amo, Clementine Ryder.

FIM

Agradecimentos

Aos meus pais, que apoiaram cada decisão — até as estúpidas —, amo vocês. São o motivo de eu adorar histórias de amor, o motivo de eu escrevê-las, e o motivo pelo qual acredito em finais felizes. Dito isso, nunca leiam este livro, por favor. Eu faço um resumo.

Para Stella, minha cachorrinha amada: você foi minha parceira de escrita nos trabalhos da faculdade, nas poesias amadoras e tristes, na tese de graduação e em todos os livros inacabados que se escondem nas profundezas do meu Google Drive, e agora em *Feita pra mim*. Te amo sempre, até quando deixa meu notebook cair do sofá.

Para minha menina Lexie: esta história não existiria sem você. Obrigada por escutar e apoiar cada ideia. Sua fé em mim moveria montanhas e, de fato, foi assim mesmo. Meadowlark foi feita para você e Mav.

Para Sydney: você me mantém na linha em tudo, e este livro não é exceção. Obrigada pela presença constante. Do um jeito que só uma amiga é capaz, você consegue domar o monstrinho do caos que habita em mim.

Para meus irmãos: a mamãe ficaria brava se vocês não aparecessem aqui, então vou agradecer por não terem nenhum amigo gostoso pelo qual eu me apaixonaria. Ainda assim, acho que vocês são bem legais.

Para minha professora de inglês do sétimo ano e para o clube de escrita do Sunset Junior High: obrigada por serem as primeiras pessoas que leram minhas histórias. Não escrevi sobre nenhum dragão, mas não estaria aqui se não fosse pelo gênero de fantasia.

Para minhas leitoras beta, Amanda e Candace: vocês viram *Feita pra mim* na forma mais crua e não saíram correndo e gritando. Obrigada por me ajudarem a moldar algo que valia a pena ser lido. Não é exagero reforçar o quanto as duas são importantes. Sou muito grata a vocês. Obrigada!

Emma e Kayla: por sua causa, nunca me sinto sozinha. Obrigada.

Angie: Obrigada por apoiar incondicionalmente o meu sonho.

Para minha editora Tayler: você é uma estrela absoluta. Minha parceira — na mais verdadeira acepção da palavra — de escrita. Trabalhar com você é um prazer e uma honra. Obrigada por tudo.

Para minha capista incrivelmente talentosa, Austin: Você fez a capa perfeita. Nunca achei que os cartazes vintage de rodeio da minha cidade natal se transformariam em inspiração para arte. Mal posso esperar para ver o que vai fazer com o resto da série.

Para os leitores que receberam os primeiros exemplares: obrigada por apostarem na minha estreia com empolgação suficiente para lê-la em primeira mão. A energia de vocês me deu forças para passar pelas últimas semanas anteriores ao lançamento. Vocês são mesmo os melhores!

Para todo mundo que apoiou *Feita pra mim* antes do lançamento: Obrigada. Gostaria de poder abraçar cada um de vocês. As palavras gentis foram significativas demais. O livro me trouxe muitas pessoas generosas, e sou muito grata.

Para a pessoa que está lendo agorinha: obrigada por ter escolhido este título. Espero que a história de Emmy e Luke tenha trazido um pouco de alegria, fazendo você sorrir e, quem sabe, até gargalhar. Obrigada por fazer parte do meu sonho.

E, por fim, para mim. Você conseguiu. Espero que nunca pare de contar histórias. Estou muito orgulhosa de você.

TIPOGRAFIA Adriane por Marconi Lima
DIAGRAMAÇÃO Vanessa Lima
PAPEL Pólen Natural, Suzano S.A.
IMPRESSÃO Gráfica Bartira, julho de 2024

A marca FSC® é a garantia de que a madeira utilizada na fabricação do papel deste livro provém de florestas que foram gerenciadas de maneira ambientalmente correta, socialmente justa e economicamente viável, além de outras fontes de origem controlada.